IL EST MINUIT, MONSIEUR K

DU MÊME AUTEUR

Romans
Un capitaine sans importance – Robert Laffont, Points
L'Homme de Verdigi – Robert Laffont, Points
La Dernière Manche – Ramsay

Nouvelles
Le Chemin de la mer – Éditions de l'Aube
Première Personne du singulier – Points (prix Goncourt de la nouvelle 2015)

Poésie
Bourlinguer – Paragraphes littéraires de Paris
Aventure et Voyages – Paragraphes littéraires de Paris
Au long cours – Éditions Saint-Germain-des-Prés
Éphémérides – à paraître

Essais
Guerre en Afghanistan – La Table Ronde
De l'esprit d'aventure (avec G. Chaliand et J.-C. Guilbert) – Arthaud
Avant la dernière ligne droite – Arthaud, Points
Le Regard du singe (avec G. Chaliand et S. Mousset) – Points
Éthique du samouraï moderne – à paraître

Récits
L'Exode vietnamien – Arthaud
Ils ont choisi la liberté – Arthaud
Paona (avec A. Boinet et D. Lagourgue) – Éditions de l'Archipel
Quatre du Congo – Fernand Nathan, Archipoche
Terre farouche – Fernand Nathan, Archipoche
La Folle Équipée – Robert Laffont, J'ai Lu
Qui a bu l'eau du Nil – Robert Laffont, J'ai Lu, Archipoche
Raid papou – Robert Laffont, Archipoche
La Grande Aventure de « La Boudeuse », volume 1 – Plon
La Grande Aventure de « La Boudeuse », volume 2 – à paraître
Mourir pour Kobané – Éditions des Équateurs

Albums
Chasseur d'horizon – Filipacchi
« La Boudeuse » en Amazonie (avec N. Clérice) – Glénat

Patrice Franceschi

IL EST MINUIT, MONSIEUR K

ROMAN

Points

ISBN 978-2-7578-5766-3

© Points, 2016

Le Code de la propriété intellectuelle interdit les copies ou reproductions destinées à une utilisation collective. Toute représentation ou reproduction intégrale ou partielle faite par quelque procédé que ce soit, sans le consentement de l'auteur ou de ses ayants cause, est illicite et constitue une contrefaçon sanctionnée par les articles L. 355-2 et suivants du Code de la propriété intellectuelle.

À Dominique Martial

Vous me dites : le monde est fait d'une rationalité sans faille et tout obéit à la raison. Je vous réponds : sans doute. Mais qui peut parvenir à être lui-même s'il ignore qu'il vit dans le mensonge ?

Lieutenant Wells,
Journal de navigation numéro 1,
cargo *Echo Europa*, 26 février 2008

0

Monsieur O poussa la porte à battant du bar de la Dernière Chance et s'arrêta sur le seuil, submergé par une émotion si puissante qu'elle l'empêchait de faire un pas de plus : vingt ans qu'il attendait ce moment. De toute sa carrière, il n'avait connu une tension aussi extrême. Il fixa le fond de la salle où se trouvait l'homme qu'il pourchassait depuis si longtemps et le contempla un instant, rigoureusement immobile, la nuque enfiévrée. Monsieur K n'avait plus guère l'apparence des vieilles photos contenues dans son dossier mais, d'une certaine manière, il n'avait pas changé. Il était attablé près d'un comptoir d'acajou verni, seul, sans plus aucun de ses employés autour de lui, les yeux baissés vers ce qui paraissait être des livres de comptes. Il semblait ne pas avoir entendu Monsieur O entrer.

Ce dernier finit par se laisser tomber dans le premier fauteuil situé près de l'entrée. Le contact du cuir lui parut glacé malgré la chaleur – pour tout dire, hostile : *C'est la fatigue*, pensa-t-il. *Dans un moment, ça va passer...*

Monsieur K n'avait toujours pas bougé, penché sur ses livres, un stylo-plume à la main. Monsieur O l'observa encore, mais cette fois avec une sorte de curiosité entomologique qui jeta un étrange malaise en lui. Il se fit la réflexion qu'en fin de compte il ne savait pas grand-chose de cet homme. Vingt ans plus tôt, il avait analysé ses tests psychologiques de recrutement, étudié l'ensemble de ses rapports de mission, décortiqué les innombrables fiches d'interrogatoires dont il avait laissé la trace – et, bien sûr, il connaissait dans les moindres détails son itinéraire de fuite, minutieusement reconstitué année après année. Mais, en réalité, il ne savait rien des retranchements les plus intimes de Monsieur K. Il chassa cette évidence gênante en songeant à ses hommes qui encerclaient le bar, invisibles mais bien présents. C'étaient assurément les meilleurs agents que la Centrale lui ait jamais procurés : bien formés, bien entraînés, infatigables, inaccessibles au découragement. Ils avaient fait leur travail à la perfection. Cette fois, Monsieur K ne leur échapperait pas. Un sentiment de réconfort l'envahit lentement, effaçant les années de traques infernales qu'il avait connues.

Il régnait un silence parfait dans le bar, à peine troublé par la rumeur nocturne de la forêt tropicale où dominait la stridulation lancinante des insectes. Une odeur d'encaustique montait du plancher de teck. L'humidité était poisseuse, la température étouffante. Les ventilateurs qui brassaient l'air au plafond ne servaient à rien. Monsieur O éprouva un bref instant la sensation diffuse d'une sorte de néant autour de lui – quelque chose qu'il n'avait jamais ressenti nulle part, ni à aucun moment de son existence. Il sortit un mouchoir de la poche de sa veste de shantung blanc et s'épongea le front en maudissant Madagascar et tous les coins perdus où cette longue poursuite l'avait entraîné : même à Fort-Dauphin, dans le sud de l'île, le climat était inhumain.

Monsieur O regarda sa montre : minuit. Avec un peu de chance, il aurait récupéré le dossier Alpha avant l'aube et sa mission serait accomplie. Vingt ans pour toucher au but... La Centrale allait enfin être satisfaite et il rentrerait chez lui.

Monsieur K avait fini par relever la tête. Il observait maintenant Monsieur O avec attention, son stylo-plume à la main, légèrement voûté. Un vague sourire se dessina sur ses lèvres et Monsieur O ne put décider si c'était un sourire de surprise ou d'ironie.

I

« Le bar vient de fermer, dit Monsieur K d'une voix très douce. J'allais m'en aller.

– Oh oui, je sais ! répondit Monsieur O sans paraître se formaliser. Tout le monde connaît les horaires du bar de la Dernière Chance à Fort-Dauphin. Mais, que voulez-vous, les grandes choses de la vie surviennent toujours à des heures indues. Et nos routes respectives se rejoignent enfin.

– Ah, je vois, dit Monsieur K avec une mimique contrariée. Il fallait bien que cela arrive un jour... »

Il posa son stylo sur la table et prit cet air compassé que se donnent certains hommes lorsque les circonstances les obligent à recevoir des visiteurs importuns. Il y eut un silence. Monsieur O se leva de son siège, les membres alourdis par vingt années de fatigue, et s'approcha de Monsieur K sans le quitter des yeux ; il se rassit dans un autre fauteuil, à trois mètres de lui, devant une table basse. Il surprit alors dans le regard de Monsieur K la lueur d'angoisse la plus déchirante qu'il ait jamais vue chez un homme – quelque chose qui fit naître en lui un sentiment depuis longtemps disparu : la compassion. À cet instant, il fut certain que Monsieur K se savait perdu. Mais déjà revenait sur les lèvres de son vieil adversaire le sourire qu'il avait eu pour l'accueillir – ironique cette fois, Monsieur O en fut certain.

« Votre tête… reprit Monsieur K, vos manières, votre, comment dire… sans-gêne… Oui, tout y est… Et puis ce pistolet que vous sortez maintenant de votre poche est… comment dire… explicite.

– Un Beretta 92, ça en impose toujours, pas vrai ? »

Monsieur O posa l'arme sur la table devant lui sans cesser de fixer Monsieur K.

« Oui, c'est certain, murmura ce dernier. Notre bonne vieille arme de service… Toujours la même malgré le temps qui passe, toujours fidèle au poste…

– Ce n'est vraiment pas le moment de faire de l'humour, Monsieur K.

– Que voulez-vous, c'est la seule arme dont je dispose…

– Sûrement, fit sombrement Monsieur O. Mais après tout, vous n'aviez qu'à pas choisir d'être seul contre tous… Jouer à l'animal sauvage, ça finit toujours mal avec la Centrale. En tout cas, les grands chefs se demandent encore ce qui a pu vous prendre : voler le dossier Alpha, le plus important du service, quelle idée ! Il va falloir me raconter tout ça, naturellement. La Centrale veut tout savoir. Et ensuite, vous me rendrez gentiment le dossier – sans faire d'histoire si possible. Mais nous avons le temps... On ne va pas se presser. Un interrogatoire pareil, après toutes ces années à vous courir derrière, je veux que ce soit un modèle du genre. En attendant, restez sagement à votre place : au moindre geste suspect, je tire, je vous en donne ma parole... »

Monsieur K le fixa avec une intensité extraordinaire : « Votre parole ? C'est étrange... Vous devriez savoir que je ne peux plus croire à la parole de qui que ce soit depuis longtemps. Nous vivons dans le mensonge, Monsieur O ; on ne peut pas sortir de là.

– Je vois que nous sommes d'accord sur le point essentiel de notre affaire.

– Alors, c'est rassurant pour la suite. Parce que vous ne m'enlèverez pas de la tête qu'il est impossible de connaître la moindre vérité si l'on ne sait pas d'abord que l'on vit dans le mensonge. Tout est là... »

Monsieur O sourit : « Vous ne devriez pas philosopher à une heure pareille ; ça donne des maux de tête... Mais rassurez-vous, je me suis parfaitement adapté au mensonge.

– C'est ce que vous aviez de mieux à faire, approuva Monsieur K. L'inverse est tellement éreintant, voyez où j'en suis. Mieux vaut s'adapter à tout, vous avez bien raison. Surtout dans notre métier.

— Question de survie.
— Évidemment... Survivre... On ne fait que cela toute la vie, bien sûr... Toujours la même histoire.
— Nous sommes encore d'accord, dit Monsieur O. Mais cela ne change rien : pour vous, la période de survie arrive à son terme... » Il reprit son pistolet et ajouta d'une voix qui parut triste à Monsieur K : « Je suis rudement content de vous voir. »

Monsieur K hocha la tête : « Moi aussi d'une certaine façon. Voyez-vous, je continue à aimer le travail bien fait, même si c'est à mon détriment ; un vieux reste de conscience professionnelle sans doute. Et pour tout vous avouer, je finissais par désespérer de la réussite de votre mission...

— Cessez de faire de l'esprit, répliqua Monsieur O. Vous êtes au bord du précipice.

— Pourtant, je vous assure que d'une certaine manière je suis heureux de découvrir votre visage après tout ce temps. Vous comprendrez quand le jour se lèvera ; il n'y a plus beaucoup à attendre. »

Monsieur O ne répondit pas tout de suite. Malgré la placidité de Monsieur K, il sentait grandir en lui un orage prodigieux : celui de la peur désespérée qu'il avait entraperçue dans son regard quelques instants plus tôt. Cependant, son visage n'exprimait toujours qu'un étrange détachement : Il est très fort, songea Monsieur O avec un vague malaise. Pour s'en tirer, il va me la jouer comme ça, entre comédie et tragédie... À sa place, je ferais la même chose. Nous ne sommes pas si différents, après tout.

Il se secoua à cette pensée et dit : « J'imagine que si les rôles étaient inversés j'aurais la même envie que vous : découvrir la tête de l'homme qui me traque depuis vingt ans.

– Vous avez une bonne tête, déclara Monsieur K. À peu près comme je l'imaginais.

– Tant mieux, répondit Monsieur O. Mais ne croyez pas m'étonner avec votre drôle de tournure d'esprit. Elle est méticuleusement détaillée dans votre dossier : humour maladif, raillerie permanente, persiflage... On trouve aussi cette note explicite : "esprit diabolique dans certaines circonstances". Vous rirez moins tout à l'heure, vous savez...

– Je ne m'en inquiète pas outre mesure, Monsieur O. »

Celui-ci eut un brusque sursaut : « Comment savez-vous mon nom ?

– Cela vous étonne ? Même venant d'un ancien agent comme moi ? C'est que j'ai toujours gardé des contacts avec la Centrale, voyez-vous. J'ai tout de suite appris le nom du chef de mission qu'on avait lancé à mes trousses. Et je savais aussi qu'on n'en changerait pas en cours de route. Même si cela devait prendre des années. »

Monsieur O se laissa aller en arrière dans son fauteuil : « Des contacts avec la Centrale ? Je l'aurais su... Vous êtes plutôt, comme le résume votre dossier, l'un des agents spéciaux les plus imaginatifs que nous ayons jamais eus dans nos rangs ; ça explique beaucoup de choses. Et sûrement votre trahison. Mais ça n'a plus aucune importance maintenant. Depuis que je suis entré ici, tout cela a basculé dans le passé. C'est un grand moment et vous êtes fichu ; cela ne sert à rien de jouer au plus fin. Avant demain matin, j'aurai récupéré le dossier Alpha et tout sera dit.

– Vous vous vantez, Monsieur O. Je suis coriace. Vous en savez quelque chose depuis vingt ans... Et vous n'avez pas la moindre idée de l'endroit où se trouve le dossier. En réalité, vous n'avez pas beaucoup de moyens pour le récupérer. La partie est loin d'être terminée. Elle ne fait même que commencer.

– Vous croyez ?

– Vous verrez... »

Monsieur K déplia un éventail d'ivoire posé devant lui et s'éventa lentement en répétant encore : « Vous verrez... » avec l'air de quelqu'un qui ne se préoccupe déjà plus de ce qui se passe autour de lui – et encore moins de son sort.

« Admettons, reconnut Monsieur O. Je ne sais effectivement pas où est le dossier : ni dans votre villa sur la colline, ni dans ce bar, et pas davantage dans les endroits que vous fréquentez habituellement. Depuis qu'on vous a retrouvé il y a un mois, mes hommes vous surveillent de près et ils ont fouillé partout : rien. C'est pour ça que je suis ici. On ne peut pas attendre indéfiniment. »

Monsieur K posa son éventail sur la table devant lui : « Je n'avais remarqué personne derrière moi ces derniers temps. Vous êtes très fort, c'est entendu...

– C'est peut-être vous qui avez baissé, Monsieur K. Vous vous faites vieux avec le temps.

– Ne vous réjouissez pas trop vite ; votre tour viendra, comme tout le monde. Et vous avez une tête à mal vieillir. »

Monsieur O ricana : « Ne vous faites pas de bile pour moi, Monsieur K. Cela n'arrivera jamais. Je suis de ceux qui n'aiment pas s'attarder à vivre. »

II

Monsieur O était toujours assis derrière sa table, face à Monsieur K, mais ne disait plus un mot, une main posée près de son pistolet. Monsieur K avait repris son éventail et attendait la suite ; il se demandait avec amertume quelle erreur il avait pu commettre pour s'être laissé prendre aussi facilement. Il avait du métier pourtant – à coup sûr davantage que l'homme fatigué se tenant devant lui : De toute façon, c'était inévitable, pensa-t-il, résigné. On ne peut pas tenir indéfiniment quand on a tout le monde contre soi. Et, après tout, j'ai liquidé mon prédécesseur en moins de temps que les vingt années qu'a mis Monsieur O pour me retrouver. Celui-là ne sait pas ce qui l'attend...

Satisfait, il dit tout doucement, en passant les deux bras derrière sa nuque :

« Vous pouvez raconter ce que vous voulez, mais vous êtes bien embêté. Vous m'avez mis la main dessus mais comme vous ignorez absolument où se trouve le dossier Alpha, vous n'êtes pas plus avancé.

— Peut-être, reconnut Monsieur O. Mais avant la fin de cette nuit, quoi que vous fassiez, vous m'aurez tout avoué : pourquoi vous avez volé le dossier et où vous l'avez caché. C'est écrit. »

Il arborait un sourire navré et tapotait des deux mains les revers de sa veste.

« Rien de tout cela ne se produira, répondit tranquillement Monsieur K. Si vous me tuez maintenant, pas de dossier. Et si vous m'interrogez un peu trop brutalement avec vos sbires, il y a toujours le risque que je reste sur le carreau. Je suis vieux, vous l'avez dit, et je peux très bien ne pas tenir le coup. Ce risque, vous refuserez de le courir, Monsieur O. Je connais les règles de procédure pour une affaire comme la mienne – nous avons été formés à la même école, pas vrai ? Vous devez découvrir une autre méthode pour me reprendre le dossier. Et je n'en vois qu'une : me convaincre de vous le rendre ou me l'échanger contre quelque chose. Quant à moi, si je veux garder ce fichu dossier, je n'ai pas d'autre choix que de vous persuader de me le laisser. Nous en sommes là, Monsieur O – et ça me plaît infiniment : pas d'interrogatoire au sens où vous l'entendez, juste un beau duel dialectique... C'est autrement plus excitant qu'une partie d'échecs, si vous voulez mon avis ; et vous n'êtes pas de taille. Vous auriez mieux fait de ne pas venir.

— Vous prenez vos désirs pour des réalités, s'amusa

Monsieur O. J'ai tous les atouts en main, et vous pas le moindre petit joker. Vous risquez de tout perdre cette nuit : le dossier Alpha, votre vie, et même votre bar... »

Il s'interrompit, regarda autour de lui avec une attention volontairement forcée : « Pourtant il me plaît bien votre bar de la Dernière Chance. »

Monsieur K approuva : « Vous ne pouvez pas imaginer comme j'en suis heureux...

– Vous pensez que je me moque de vous ? Pas du tout. Je vous respecte, Monsieur K. Vous m'en avez donné du mal pendant toutes ces années... Vous avez été d'une efficacité remarquable ; ça mérite quelque éloge. Et puis, des traîtres de votre dimension, ça en impose. Alors, si je vous assure que ce bar me plaît, c'est que je le pense sincèrement. Et la sincérité est le seul luxe des gens de notre sorte, vous ne croyez pas ? »

Monsieur K ironisa : « Tant que nous restons dans les paradoxes, je me sens rassuré. Les paradoxes, il n'y a que cela de vrai. Ce sont les meilleurs chemins de traverse pour démêler le vrai du faux. Ce devrait être notre pain quotidien. Y avez-vous songé au milieu du mensonge généralisé dans lequel nous baignons tous comme des écrevisses au fond d'une marmite bouillante ?

– Que voulez-vous dire exactement ? s'étonna Monsieur O, vaguement agacé.

– Oh, rien... Je vous donnais juste un os à ronger. Mais vous manquez de flair. Tout cela ne vous intéresse pas, j'en suis sûr. Le vrai, le faux... Qu'importe après tout...

– Je ne vois pas où vous voulez en venir, mais je vous le répète : je me sens bien ici. Le décor est inattendu. Ces grandes arcades, ces voûtes intérieures en bois sculpté, ces lumières tamisées, ces tables d'un autre temps avec leurs fauteuils de cuir à l'anglaise, ces ventilateurs élégants, ces vérandas extérieures avec leurs colonnades... Et puis, toutes ces boiseries partout. Et même cette vieille horloge qui nous fait face... Oui, vraiment, c'est impeccable... On se croirait dans le film *Casablanca*.

– C'est exactement cela, approuva Monsieur K, le film *Casablanca* : une petite espièglerie à l'attention de la Centrale. Je savais que vous viendriez un jour.

– Ah ? Vous êtes décidément un drôle de bonhomme...

– Vous me faites trop d'honneur, Monsieur O. »

Il y eut encore un silence. Les deux hommes contemplaient le plancher de teck à leurs pieds. Puis Monsieur O reprit :

« Pour tout vous avouer, je trouve ce décor parfaitement adapté à la fin de cette longue partie de chasse que nous menons depuis vingt ans. Elle a été... comment dire... très... romanesque... De bout en bout, n'est-ce pas ? Et, en vérité, elle va s'achever de la même manière...

— De grâce, Monsieur O, si vraiment vous avez pour moi le respect que vous prétendez, n'utilisez plus ce mot de "vérité" : il est parfaitement obscène dans votre bouche. »

Monsieur O faillit répondre : Que savez-vous de la vérité, enfermé sur vous-même depuis si longtemps ? Mais il se contenta de dire : « Pardonnez-moi... Je m'oublie parfois. Vous avez raison, bien sûr : "obscène" est l'adjectif adéquat pour la vérité. Dans ma bouche comme dans celle de n'importe qui...

— Pas dans la mienne, grommela Monsieur K. Pas dans la mienne...

— Que dites-vous ? interrogea Monsieur O.

— Je disais que ce bar ne m'appartenait pas. Il est à un "ancien" du nom de Mister Do. Un vieux crack ; c'est la meilleure planque qu'il ait pu me dénicher...

— J'admets que nous avons eu du mal à retrouver vos traces après votre disparition de Vladivostok.

— Vous avez quand même failli me coincer là-bas... Sans ma baraka habituelle, j'étais fichu. Vous avez fait du beau boulot, c'est sûr.

— Merci, Monsieur K. Venant d'un professionnel de votre niveau, l'éloge n'est pas sans valeur. J'irais jusqu'à dire qu'il me touche...

— Tant mieux, approuva Monsieur K sans relever

l'ironie de son adversaire. J'ai beaucoup d'estime pour vous...

— N'exagérez pas quand même...

— D'accord. Mais, comprenez : toutes ces années de votre vie consacrées à essayer de me capturer, tout ce temps à ne songer qu'à moi, à réfléchir à ce que je pouvais bien faire, à vous demander où je pouvais me cacher, à imaginer ce que j'étais en train de penser... Pour personne au monde je n'ai autant compté ; d'une certaine façon, c'est important pour moi, Monsieur O. Et vous-même, ne ressentez-vous pas une forme de reconnaissance à mon égard ? Sans moi, vous n'auriez rien vécu d'aussi intense.

— On peut voir les choses sous cet angle, s'irrita Monsieur O. Mais en réalité, tout cela est vide de sens — et le temps, ce maudit temps, est enfin avec moi.

— Je sais, reconnut Monsieur K. Il est avec vous et il l'a toujours été. Pour les réprouvés de mon espèce, le temps ne sert qu'à mesurer l'impuissance... »

Il parut sombrer dans des pensées très lointaines, pleines de tumultes ne menant à rien. Puis il ajouta pour lui-même : « La vie, cette impuissance, n'est-ce pas ?... » avant de lancer à Monsieur O : « Il n'empêche que votre existence aurait été sacrément différente si je n'avais pas existé. Peut-être même aurait-elle été, comment dire... sans aucune valeur et sans le moindre sens... Vous auriez couru de missions sans grand intérêt en missions à peine plus intéressantes ; j'ai connu ça dans ma jeunesse... Alors que là, grâce à moi : une mission unique en vingt ans, essentielle à la sauvegarde du monde. Vous me devez la grandeur de cette mission, Monsieur O ; vous n'y pouvez rien et ça crée des liens entre nous. Je vous sens très proche de moi d'une certaine manière... »

Monsieur O soupira en se demandant comment il avait pu se laisser entraîner dans un dialogue aussi absurde. Il devrait déjà être en train d'interroger Monsieur K. Il dit :

« Tout ce que vous racontez est bien possible. Mais ça ne m'empêchera pas de vous reprendre le dossier Alpha. Où que vous l'ayez caché. »

Monsieur K se mit à dodeliner de la tête en fixant soudain Monsieur O d'un regard prodigieux – et ce dernier se sentit brutalement comme un animal de bât qui chercherait à se débarrasser d'une charge trop lourde. Une pensée désagréable le traversa : Ce type me tuerait tout de suite s'il le pouvait. Il a cet avantage sur moi. Et sa main se reposa sur le pistolet devant lui. Aussitôt, Monsieur K se récria :

« Doucement, mon vieux ! Ce dossier est le sens même de votre vie, je le comprends et je l'admets. Mais il est aussi le mien. Alors, comme c'est moi qui le possède, il va rester là où il se trouve : en sécurité. Je le protège et il servira un jour si nécessaire...

– Quel entêtement stupide !

– Si vous connaissiez le contenu de ce maudit dossier, Monsieur O, vous seriez moins catégorique...

– Je sais ce que je dois savoir. Le reste est sans importance... »

Monsieur K passa une main dans ses cheveux, comme pour réfléchir, et se dit en lui-même : Ce que les hommes peuvent être sots ! Poursuivre toujours ce qui vous perd... Pauvre Monsieur O...

Il se baissa pour ouvrir une sacoche de toile à ses pieds. Il prit à l'intérieur un briquet en argent et un étui à cigarettes du même métal. Il demanda : « Vous voulez fumer ? »

Monsieur O fit non de la tête et Monsieur K posa l'étui et le briquet sur la table devant lui, près de son éventail et de ses livres de comptes. Il déclara :

« Monsieur O, vous me désolez – avec tout le respect que je vous dois. Vous ne savez rien de ce que contient véritablement le dossier Alpha, sinon vous seriez déjà mort et enterré. On vous a juste appris l'essentiel pour le récupérer. Croyez-moi, vous seriez davantage en accord avec vous-même si vous admettiez que vous êtes une... » Il faillit dire « marionnette » mais se reprit aussitôt – le mot était trop convenu. Une image lui vint à l'esprit. Il lança : « Vous êtes comme ces serpents qui ondulent devant la flûte d'un fakir. Vous servez des intérêts qui ne sont pas les vôtres en propre. Vous n'êtes pas différent de tous les hommes qui s'agitent sur terre ; votre destin ne vaut pas mieux que le leur : il ne vous appartient pas. Au moins, le but que j'ai choisi en volant le dossier Alpha est le mien et celui de personne d'autre. Trahir ce qui nous entoure pour être soi-même, ce devrait être le but de chacun d'entre nous... »

Monsieur O le contempla d'un air incompréhensible : « Le but de chacun d'entre nous ?

– N'est-ce pas l'une des conséquences logiques du mensonge, Monsieur O ? Je n'y peux rien. Vous devriez faire comme moi : trahir à chaque instant le mensonge établi. Sans trêve ni repos. Une guerre totale, mortelle ; la vraie guerre... La seule. Et ne haussez pas les épaules pour me contrarier, vous avez l'air ridicule... »

Monsieur O fit mine de se lever, puis se ravisa pour déclarer simplement :

« Je ne hausse jamais les épaules d'un air ridicule. Et je n'ai jamais trahi qui que ce soit. Quelle idée ! Quant à ce qu'il y a dans le dossier, je vous répète que je sais ce que je dois savoir...

– Dites voir, alors.

– Après tout, pourquoi pas, si ça peut nous faire avancer : le dossier Alpha, c'est une enveloppe kraft A4 avec les sceaux d'authentification de la Centrale, et à l'intérieur vingt feuillets. Pas un de plus, pas un de moins... Mais de la dynamite !

– Pour sûr, s'amusa Monsieur K en reprenant son éventail d'ivoire. De la pure dynamite. Mais vous ne savez pas en quoi elle consiste, c'est ce que je voulais dire.

– Quelle importance ! rétorqua Monsieur O ; ça ne m'empêche pas de dormir. »

Monsieur K le regarda par en dessous, songeant en lui-même : Ce serait bien possible que cela ne trouble pas son sommeil. C'est toujours la même chose avec les hommes normaux. Il dit tout haut :

« Je crois qu'il serait quand même utile que vous sachiez précisément ce qu'il y a sur ces vingt feuillets, Monsieur O. »

Ce dernier esquissa un mouvement d'agacement : « Taisez-vous à la fin... Je n'ai pas à en savoir davantage. Vous outrepassez vos droits.

– C'est mon boulot depuis vingt ans, mon vieux : outrepasser mes droits. Vous connaissez un autre moyen pour penser correctement ?

– Comment diable avez-vous pu en arriver à des idées pareilles ? Mais vous êtes à la fin de votre parcours, Monsieur K ; vous devriez vous taire.

– Me taire ? Je croyais que vous vouliez tout savoir... Tirez donc sur moi avec votre beau Beretta 92... Sûr qu'ensuite je ne pourrai plus raconter grand-chose... Non, vous êtes obligé de me garder en vie jusqu'au bout si vous voulez avoir une chance de récupérer le dossier. »

Monsieur O sembla se résigner d'un coup : « Après tout, si vous y tenez, allez-y : dites-moi ce qu'il y a dans le dossier Alpha...

– À la bonne heure... Mais je ne vais pas le faire pour vous impliquer dans les ténèbres d'une affaire que vous n'avez pas à connaître... Je vais tout vous révéler pour partager enfin quelque chose avec vous dans ces derniers instants qui risquent d'être les miens. C'est absolument nécessaire après tout ce que nous avons vécu ensemble sans jamais nous voir. C'est étrange, mais j'en ressens le besoin. C'est peut-être le signe de la fin. »

Monsieur O reprit son mouchoir et s'épongea le front : « Vous racontez n'importe quoi... Vous vous croyez dans un confessionnal ?

– Allez savoir... La vie réserve de ces surprises... Mais, rassurez-vous, je ne vais pas aller trop loin dans les révélations. Disons qu'il me reste une once de compassion pour les gens comme vous, c'est-à-dire pour les gens de notre espèce... »

Monsieur O saisit son pistolet sur la table et le braqua, visant le front de Monsieur K : « Maintenant, ça suffit ! C'est moi qui pose les questions. Vous ne m'entraînerez pas dans votre comédie.

– Tirez donc, alors... »

Les deux hommes s'affrontèrent du regard avec une violence si soudaine qu'elle blanchit les mains de Monsieur O et fit sourdre une sueur aigre sur les tempes de Monsieur K. Ils étaient à trois mètres l'un de l'autre, mais Monsieur O fut certain, à cet instant précis, que ces trois mètres étaient comme les milliers de kilomètres qui l'avaient séparé de Monsieur K pendant des années : un vaste néant. Il manqua défaillir à l'idée qu'il pouvait se délivrer de cette pensée en pressant simplement sur la détente de son arme.

Monsieur K était rigoureusement immobile, le front barré de rides, les mains rivées au rebord de la table. Tout à coup, un vertige s'empara de lui : le vertige des hommes qui aiment franchir toutes les limites pour voir ce que vaut leur chance.

Alors, il s'apaisa et attendit.

Monsieur O baissa brusquement son pistolet, affolé à l'idée qu'il risquait de se laisser aller à en finir avec Monsieur K sans tenir compte des conséquences. Une faute que la Centrale ne lui pardonnerait jamais. Il dit d'une voix méconnaissable :

« Vous êtes complètement fou.

— Peut-être, répondit Monsieur K dans un affaissement imperceptible de tout son corps. Mais c'est comme ça. » Il se tassa un peu plus au fond de son fauteuil et laissa tomber dans un souffle : « Nous l'avons échappé belle...

— Ça m'en a tout l'air, maugréa Monsieur O en reposant son pistolet d'un geste mal assuré. Il s'en est vraiment fallu de peu. » Sa main tremblait légèrement. Il s'en aperçut lorsqu'il la porta à son front pour essuyer la transpiration qui avait redoublé sur son visage. Agacé, il ajouta : « Ne recommencez jamais un truc pareil avec moi. » Puis il jeta d'une voix rogue : « Donnez-moi de quoi fumer ! »

Monsieur K ouvrit son étui en argent et le lui tendit avec le briquet. Monsieur O prit une cigarette, l'alluma, et se rejeta en arrière dans le fauteuil : « Dix ans que j'avais arrêté ces saloperies », dit-il en se maudissant. Et il toussa, un air malheureux sur le visage.

« Reprenons où nous en étions, dit Monsieur K. Il faut que vous sachiez ce qu'il y a dans le dossier Alpha. De toute façon, si vous le récupériez, je suis certain que vous le liriez en détail, quitte à être tué pour ça. Vous êtes comme moi : au fond de vous-même, vous voulez savoir. Et, à mon avis, nous sommes tous pareils.

– Si vous y tenez tant, allez-y », répondit Monsieur O avec un air de démission. Et, disant cela, il eut l'impression que quelqu'un d'autre avait parlé à sa place. Il comprit confusément qu'il venait de perdre une première bataille contre Monsieur K.

« Vous n'allez pas le regretter, déclara celui-ci, car le dossier Alpha contient un secret inimaginable dont très peu de gens connaissent l'existence. » Il se pencha vers Monsieur O, le dévisagea avec commisération et murmura en détachant chaque mot : « Le dossier Alpha est en réalité la plus grande découverte qu'aient jamais faite les laboratoires clandestins de la Centrale. Vous vous souvenez du programme Hermine ?

– Celui pour les nouveaux détecteurs de mensonges ?

– Celui-là même... C'était autre chose que les appareils des Américains, pas vrai ? On a obtenu de beaux résultats avec ce programme... Il y avait aussi le projet Airain pour les sérums de vérité destinés aux interrogatoires – vous en avez sûrement entendu parler. Le bon vieux Pentothal avait tout de même fait son temps – et puis, ça marchait quand ça voulait, ce truc... Eh bien, c'est en travaillant à la connexion de ces deux programmes par le biais des nouvelles technologies que nos laboratoires ont fait la découverte du siècle : un produit inouï, bourré de nanoparticules, efficace à cent pour cent, comprenant des bêtabloquants agissant sur les connexions neuronales, bref le truc idéal pour la détection du mensonge et la production de la vérité – le tout en simultané. »

Monsieur O avait blêmi : « Vous voulez dire, que...

– Oui, fit Monsieur K d'un air entendu, nous avons ni plus ni moins découvert la formule secrète d'un produit chimique équivalant à un détecteur de mensonges doublé d'un sérum de vérité. Personne ne pourrait croire une chose pareille, n'est-ce pas ? Et pourtant... »

Il se pencha encore davantage vers Monsieur O et

continua à voix basse, comme si on avait pu l'entendre : « Mais il y avait un hic. Ce fichu produit ne peut exister que sous forme gazeuse, allez savoir pourquoi, et sa durée de vie est de plus d'un siècle. En outre, sa capacité de propagation est proche de la vitesse du son. C'est un gaz incroyablement volatil... Bref, si on le pulvérisait quelque part, on ne pourrait rien cibler, il se diffuserait comme une épidémie et pourrait contaminer le monde en quelques jours... Il n'y aurait rien à faire pour revenir en arrière. Il n'existe pas d'antidote. Vous voyez le problème ? Nos grands chefs ont été si terrifiés qu'ils ont décidé de remiser aussitôt cette invention du diable dans le coffre-fort le plus hermétique de la Centrale et de tout oublier. On est revenu au Pentothal et au détecteur de mensonges pour nos petites affaires. Vous comprenez pourquoi le dossier Alpha devait rester absolument secret, ne jamais sortir de son coffre. C'est pour ça aussi que tous les ingénieurs des laboratoires ont été liquidés après cette découverte et remplacés par d'autres, recrutés à l'extérieur ; vous vous souvenez sûrement du barouf que ça a fait en interne... »

Monsieur O écrasa sa cigarette à même le plancher sans paraître s'en rendre compte. Il semblait très abattu.

« C'est comme ça », dit encore Monsieur K.

Un long silence suivit. On n'entendait plus que la stridulation aiguë des insectes dans la nuit noire et le lent chuintement des ventilateurs dont les pales brassaient l'air moite avec entêtement. Monsieur O avait mis son visage entre ses mains. Ce qu'il entrevoyait le fascinait et le terrorisait en même temps. D'un coup, il n'était plus certain d'être capable de récupérer le dossier Alpha.

« Dans l'hypothèse où vous gagneriez notre duel, reprit Monsieur K avec lassitude, soyez gentil : emportez le secret de cette formule dans votre tombe si vous ne voulez pas la fin de l'espèce humaine. »

III

Le silence était revenu. Monsieur K contemplait Monsieur O avec un mélange d'ironie, de condescendance et de pitié. Monsieur O finit par déclarer :

« Ce dossier nous dépasse ; ce doit être une fatalité après tout ce temps.

– Vous en doutiez ?

– Que voulez-vous que je vous dise ? On m'a donné une mission et je m'en tiens là. Mais si j'avais su tout ça avant, peut-être que… Non, j'aurais fait la même chose… Si quelqu'un découvrait ce qu'il y a dans ce dossier et utilisait la formule, ce serait la révolution…

– Comme vous dites. La pantomime qui mène le monde déraillerait d'un seul coup. On serait tous foutus – ou tous sauvés, c'est comme vous voulez en fin de compte…

– Taisez-vous donc », s'énerva Monsieur O. Et il s'abîma dans de sombres pensées, le front bas. « Je veux oublier ce que je viens d'entendre.

– À votre aise », déclara Monsieur K.

Et il feuilleta les livres de comptes étalés devant lui, comme s'il se désintéressait de tout ce qui venait de se passer. On entendit dans le lointain le bruit d'un arbre qui s'abattait dans la forêt.

« Pourtant, finit par dire Monsieur K, nous pourrions considérer les choses autrement : si quelqu'un utilisait la formule, la vérité ne pourrait plus être obscène. Il n'y aurait qu'elle, partout...

– Le monde à l'envers... marmonna Monsieur O en secouant la tête.

– Ou remis à l'endroit », corrigea Monsieur K tout doucement.

Monsieur O chassa cette pensée avec dégoût. Ce n'était pas son affaire à lui d'imaginer un monde à l'endroit ; il avait une mission à remplir et c'était tout.

« En tout cas, dit encore Monsieur K, vous savez maintenant pourquoi la Centrale a toujours considéré votre mission comme la plus importante du service, la "mère des missions" en quelque sorte. C'est pour cette raison que vous disposiez de tous les moyens. » Il ferma les yeux comme s'il rassemblait des souvenirs depuis longtemps oubliés ; puis il reprit : « Songez un peu à la situation au moment où j'ai volé le dossier : c'est très fâcheux pour un service comme le nôtre de se voir dérober l'antidote de tous les mensonges alors qu'on l'a dissimulé dans le coffre le plus soigneusement verrouillé de la planète... Et ensuite de voir ce poison parcourir le monde comme une bombe à retardement... C'est d'un comique... Mieux que la vie elle-même, si vous voyez ce que je veux dire...

— Comique ? s'étonna Monsieur O. Mieux que la vie elle-même ? Mais elle est tragique, mon vieux, vous l'avez dit vous-même tout à l'heure...

— Comique, tragique, se désola Monsieur K. Quelle importance ?... Cela revient au même. Vous ignorez ce qu'est la vie, et voilà tout. Vous êtes trop jeune décidément. Mais vous pouvez être content : vous avez un rôle essentiel dans l'existence : empêcher la fin du monde. Ce n'est pas donné à n'importe qui. »

Monsieur O contempla pensivement son pistolet toujours posé devant lui. Un sourire ironique lui vint aux lèvres : « Vu sous cet angle, évidemment...

— Défenseur du mensonge généralisé, c'est mieux que rien, plaisanta Monsieur K. Et c'est un métier d'avenir. »

Monsieur O ne répondit pas, comme perdu dans une réflexion nouvelle et improbable. Il avait mis son menton entre ses mains. Monsieur K voyait battre les veines de ses tempes.

« Vous avez raison, finit par dire Monsieur O, sarcastique. Au moins ma vie a un sens et je suis quelqu'un. La plupart des gens ne sont personne. Avez-vous songé à cette abomination ? Moi aussi, je vous donne un os à ronger jusqu'à ce que le soleil se lève. »

Il sourit d'un drôle d'air et Monsieur K sentit naître un trouble déplaisant au milieu de sa poitrine. Il dit :

« J'admire votre façon de considérer les choses, Monsieur O. C'est un bon début.

– J'ai appris à ne pas être trop exigeant, voyez-vous. Mais j'irai malgré tout au bout de ma mission, vous savez...

– Je n'ai pas le moindre doute à ce sujet ; cependant vous perdrez. Vous êtes de ces hommes qui regardent le monde comme s'il n'y avait rien derrière l'apparence des choses et continuent leur route, satisfaits de ce qu'ils ont vu. Vous n'êtes pas à la hauteur de l'enjeu.

– Cessez cette comédie stupide ! Vous ne croyez tout de même pas me déstabiliser avec des propos pareils !...

– Oh, pas du tout, concéda Monsieur K. Je disais ça au hasard, pour voir...

– Quelle farce !

– Vous connaissez un autre moyen pour rendre le tragique de la vie supportable, Monsieur O ? »

Ce dernier se leva brusquement : « Je n'en sais rien et ce n'est pas mon problème ; mais dans un moment, vous allez rire un peu moins : c'est moi qui vous tiens, pas l'inverse ; et je ne suis pas seul. Oh oui, j'ai du monde dehors... »

Disant cela, il braquait à nouveau son pistolet sur Monsieur K : « Alors, revenons aux choses sérieuses et commençons par le début : de quelle manière avez-vous appris l'existence du dossier Alpha ?

— Disons que le hasard m'a servi, répondit Monsieur K en ignorant l'arme pointée sur lui. À moins que ce ne soit la chance ou la providence, appelez cela comme vous voulez, ça n'a plus d'importance désormais. Mais en apprenant ce qu'il y avait dans ce dossier maudit, j'ai considéré que la vérité qu'il contenait ne devait pas rester entre des mains irresponsables. » Il se tut puis murmura : « De toute façon, je n'avais pas le choix. Vous comprendrez quand le jour se lèvera ; il n'y a plus beaucoup à attendre... »

Monsieur O haussa les épaules : « Vous vous prenez vraiment pour quelqu'un, n'est-ce pas ? C'est autre chose que moi... Quel orgueil ! Mais est-ce que vous-même m'avez dit la vérité sur le contenu du dossier ? »

Monsieur K éclata de rire : « Bon réflexe, Monsieur O. Vous n'êtes pas dupe de la grande mascarade des hommes, à ce que je vois ! Il est vrai que vous avez de l'expérience... Oui, après tout, il se pourrait que le dossier Alpha contienne autre chose que ce que je viens de vous révéler. Ce ne serait pas impossible, à bien y réfléchir... »

IV

Monsieur O secouait la tête d'un air accablé : « Vous et vos satanés sous-entendus... Mais finalement, je me moque de ce qu'il peut y avoir dans le dossier Alpha. Ce que vous m'avez dit ou autre chose, ça m'est égal. Je vais m'en tenir à ma mission : récupérer le dossier par les moyens appropriés et le rapporter à la Centrale ; le reste ne me concerne pas. »

Monsieur K se leva et alla s'installer dans un rocking-chair de rotin qui se trouvait près du fauteuil de Monsieur O. Celui-ci en profita pour reprendre une cigarette dans l'étui en argent – sans rien demander cette fois. Il alluma la cigarette, poussant des ronds de fumée vers les boiseries du plafond. Il se sentait mieux soudain.

« De toute façon, dit-il après un moment, je suis bien trop éreinté pour penser autrement. Est-ce que vous avez conscience des efforts que j'ai fournis pour vous au cours des vingt années qui viennent de s'écouler ? De quoi épuiser n'importe quel homme normal...

– Je m'en rends parfaitement compte, reconnut Monsieur K. C'est ce que je disais tout à l'heure ; et je me sens moi-même au bout du rouleau...

– Pas une seconde de ma vie, je n'ai cessé de penser à vous... Pas une minute ne s'est écoulée sans que je cherche à savoir où vous pouviez bien être... C'est quelque chose, tout de même, non ?

– Pour être franc, moi aussi je n'ai pas arrêté de songer à ce que vous pouviez bien mijoter contre moi. Onze fois vous avez retrouvé ma trace, de Tegucigalpa à Vladivostok. Onze fois je vous ai échappé... Mais vraiment par miracle. Si ma mémoire est bonne, j'ai fait vingt-trois fois le tour du monde avec vous à mes basques. Nous avons une histoire ensemble, c'est sûr. Et une longue fatigue commune ; ça crée des liens, je vous l'ai déjà fait remarquer. On ne peut rien contre ça... »

Monsieur O chercha un cendrier, n'en trouva pas, et se dit que cela pouvait le servir psychologiquement d'écraser encore une fois son mégot à même le plancher de teck. Il le jeta devant lui, posa son pied dessus et attendit. Monsieur K ne parut pas s'en offusquer. Vaguement vexé, Monsieur O lança :

« Vous vous fichez des choses matérielles, pas vrai ? Si je brûlais votre bar, vous seriez bien capable de rester tranquillement assis à regarder l'incendie.

– Seul le dossier Alpha compte, dit Monsieur K

en se balançant doucement dans le rocking-chair, son éventail à la main. Et peut-être deux ou trois autres choses.

– Sans blague, rétorqua Monsieur O. Vous pourriez me citer ces choses-là ? » Il patienta, tous ses gestes en suspens, mais comme Monsieur K ne répondait rien, il reprit d'un ton lugubre : « Bon, revenons à ce que je disais : je n'ai pas arrêté de me demander comment vous parveniez à vous en tirer à chaque fois malgré les moyens considérables que nous mettions en œuvre. »

Il s'interrompit, le regard soudain trouble et interrogea : « Vous aviez des complices parmi nous, n'est-ce pas ? Des agents de votre ancienne équipe, peut-être ? »

Monsieur K fit non de la tête. Monsieur O s'agaça : « Ils vous renseignaient, j'en suis certain... C'est d'ailleurs ce que nous avons pensé très vite. On en a éliminé des gens rien que dans cette éventualité ! Sait-on jamais avec ces histoires tordues... Ah, cette mascarade qui mène nos services comme le reste du monde ! Des faux-monnayeurs partout, des passe-murailles, des imposteurs, je suis bien d'accord avec vous... C'est accablant quand on y songe. Mais on n'a rien laissé passer, je vous jure, rien du tout !

– J'étais seul contre tous, dit calmement Monsieur K ; et ça me convenait très bien. La vérité est seule et solitaire. Je dirais même qu'il n'y a pas de

plus grande solitude que la vérité. C'est déprimant... »
Il hésita puis ajouta encore : « Oui, seul contre tous, ne travaillant que pour moi-même, car, voyez-vous, Monsieur O, on ne fabrique pas de liberté en travaillant pour un autre destin que le sien. Mais je suis content que vous utilisiez des termes comme "faux-monnayeurs". La vie ne vous a peut-être pas entièrement gâché, vous n'êtes sans doute pas complètement aveugle... »

Monsieur O fit mine de ne pas avoir entendu et continua d'un air absent : « Pas un jour je n'ai cessé d'imaginer comment vous coincer.

– Mais cette fois, nous y sommes. Et c'est une délivrance, n'est-ce pas ? »

Monsieur O se leva et de ses deux mains attrapa les accoudoirs du rocking-chair pour stopper net son balancement : « Une délivrance ? Vous ne croyez pas si bien dire. » Son visage touchait presque celui de Monsieur K qui fut obligé de lever la tête vers lui. « Oh, ça oui, nom d'un chien, continua Monsieur O, c'est le mot : délivrance. Car enfin, je vous tiens, mon vieux...

– Retournez dans votre fauteuil », demanda Monsieur K d'une voix altérée. Et après une hésitation à peine perceptible, il ajouta : « S'il vous plaît, Monsieur O... »

Celui-ci resta un long moment immobile, hésita,

puis se dirigea vers son fauteuil d'un pas lourd qui fit craquer le plancher de teck : « Où est le dossier Alpha ? demanda-t-il en s'asseyant à nouveau, très calme. Je suis éreinté et vous aussi. Finissons-en.

— Je comprends votre entêtement, répondit Monsieur K. Il vous faut le dossier, mais moi, je dois absolument le garder et tenir jusqu'au matin quand vous serez bien obligé de déguerpir. Je suis désolé.

— Vous voulez dire quoi, au juste ? Que nous avons chacun notre boulot dans la vie et qu'ils sont irrémédiablement opposés ?

— C'est exactement ça, Monsieur O : chacun son boulot.

— Et chacun à sa place, hein ? »

Monsieur K approuva : « Oui, chacun son rôle en ce bas monde ; voilà bien une vérité toute simple au milieu du mensonge. Vous devriez y réfléchir également... » Et il attendit, se demandant s'il gagnerait encore un peu de temps ou si Monsieur O allait appeler sans plus attendre ses hommes en renfort. Il n'était certain de rien. Monsieur O était assurément dépourvu de toute originalité mais c'était un bon professionnel. Il avait certainement tout préparé, calculé les heures dont il disposait pour le faire parler et les différents recours à sa disposition. S'il avait accepté de perdre du temps jusqu'à présent, c'était peut-être parce qu'il avait une idée derrière la tête. Alors, une pensée désagréable traversa son esprit : et si jusqu'à présent Monsieur O s'était laissé entraîner où il avait voulu parce que cela lui convenait à lui aussi ? Monsieur K pensa : Si ça se trouve, plus je l'ai emmené loin de son but, plus il s'en rapprochait... Et il commença à chercher le piège où le conduisait peut-être Monsieur O. Mais, déjà, celui-ci reprenait d'un ton différent :

« Écoutez-moi bien à votre tour, il est déjà 1 heure du matin et le temps passe en considérations stériles.

– Je ne vous le fais pas dire, concéda Monsieur K. Le sablier coule inexorablement... Cette fuite du temps me donne la nausée. Surtout cette nuit. Vous êtes trop jeune pour connaître la brièveté de la vie, mon vieux, mais je vous conseille d'apprendre très vite.

– Laissez-moi juger de ce qu'est le temps, Monsieur K.

– Comme vous voudrez ; mais c'est mon bien le plus précieux, ne le gaspillez pas, je vous prie.

– Faites de même avec moi et tout ira bien.

– Alors, qu'attendez-vous pour chercher à me convaincre de vous rendre le dossier ? Que notre duel commence pour de bon !

– Justement ! J'ai quelque chose à vous offrir en échange. »

Une ébauche de sourire naquit sur le visage de Monsieur K.

« C'est une proposition que la Centrale m'a autorisé

à vous faire si je n'avais aucun autre moyen, poursuivit Monsieur O. Et c'est le cas, il me semble. »

Monsieur K rapprocha son rocking-chair du fauteuil de Monsieur O : « Je vous écoute.

– Parfait. Vos employés seront là à 10 heures, n'est-ce pas ?

– Je leur ai appris à être d'une ponctualité tout à fait remarquable pour le pays.

– Nous devons donc régler notre affaire pour 9 h 30 au plus tard. Une marge de sécurité de trente minutes n'est pas inutile.

– C'est raisonnable, approuva Monsieur K.

– Ah, de grâce, quittez ce ton ! Écoutez plutôt : si vous me remettez le dossier Alpha – ou me dites où il se trouve – avant 9 h 30, je suis autorisé à vous laisser la vie sauve. Vous pourrez repartir d'ici vivant. Bref, c'est donnant-donnant... Et tout à fait inespéré dans votre situation. »

Monsieur K se leva pesamment. Il fit le tour de la table sur laquelle se trouvaient ses livres de comptes, son éventail d'ivoire, son briquet d'argent, son étui à cigarettes, tous ces objets qu'il aimait, et se rassit brutalement comme sous le coup d'un intense combat intérieur.

« La proposition me paraît honorable, dit-il. Je suis aux abois, il faut bien l'admettre.

– C'est bien mon avis, déclara Monsieur O, sarcastique. Donnez-moi le dossier Alpha et vous pourrez continuer à vivre tranquillement dans votre joli bar de la Dernière Chance. Tout sera oublié dans le meilleur des mondes possibles.

– Il est vrai que, même en connaissant le contenu du dossier, je suis incapable de réaliser techniquement sa formule. Et personne ne me croirait si je n'apportais pas de preuves tangibles.

– Exact, approuva Monsieur O. C'est la raison pour laquelle nous pouvons vous proposer la vie sauve en même temps que l'impunité. Pour vous, c'est quand même mieux que de voir votre dossier pris de force, d'une manière ou d'une autre, et d'être liquidé ensuite. Alors, c'est oui ?

– Disons que cela mérite réflexion. »

Monsieur O se rembrunit : « Réfléchissez vite, alors. Vous avez jusqu'à 9 h 30, pas une minute de plus. Si je n'ai rien à... disons, 9 heures, j'ai encore un recours que vous connaissez parfaitement, même s'il présente des risques : je vous embarque dans un coin tranquille et en moins de trente minutes, croyez-moi, vous parlerez sans passer l'arme à gauche malgré votre âge ; mes hommes savent y faire pour ce qui est du dosage. Mais dans cette hypothèse, pas question de vous laisser en vie après avoir récupéré le dossier. Voilà, j'ai tout dit. »

Monsieur K resta un long moment silencieux avant

de demander : « Pourquoi ne commenceriez-vous pas par ce que vous venez d'évoquer ? Ce n'est pas dans les règles de la Centrale, mais vous pourriez les transgresser après tout. Juste une fois... Laissons tomber notre duel de *gentlemen*. La dialectique, ça ne mène à rien, finalement. Et c'est d'un fatigant... Quant au Pentothal, ça ne marchera pas sur moi ; trop aléatoire. Alors, un coup de sifflet et vos agents rappliquent ; ensuite, une bonne séance de torture et tout est réglé. Je déteste la souffrance presque autant que le mensonge. Je ne résisterai pas longtemps. »

Monsieur O secoua la tête d'un air désapprobateur et prit le temps de s'éponger encore le front avant de répondre. La nuit était bien avancée mais la chaleur n'avait pas baissé.

« En vérité, dit-il, je répugne comme vous aux solutions extrêmes tant que d'autres portes restent ouvertes. C'est la bonne méthode chez nous, vous le savez comme moi. Et pas de risques inutiles. C'est pour ça que je traite avec vous.

– Seriez-vous un humaniste à votre manière, Monsieur O ?

– Ne m'insultez pas, je vous prie... Et considérez plutôt qu'il vous reste à peine huit heures pour vous décider. Ne tardez pas.

– Nous allons avoir une longue nuit devant nous.

– Bah, c'est la dernière ; je tiendrai jusque-là... »

Monsieur K reprit son balancement tout en continuant à s'éventer, les yeux vers le plafond. Il demanda : « Alors, quels sont vos arguments pour me convaincre de vous restituer le dossier Alpha en échange de ma vie ? »

Monsieur O s'énerva : « Qui vous a parlé d'arguments ? Juste un échange. Vous êtes vraiment étrange.

— Étrange ? En ce moment, je fais pourtant comme vous, comme tout un chacun sur terre : je triche, je ne me tiens pas à la place qui me revient, je fais illusion, je raconte n'importe quoi quand ça m'arrange. N'est-ce pas ainsi que l'on doit agir ici-bas ? Quand on va au carnaval, il faut mettre un masque...

— J'en conviens ! admit Monsieur O en riant.

— Nous voilà encore d'accord sur quelque chose.

— À y regarder de près, c'est troublant. »

Monsieur K se mit à rire à son tour, de plus en plus méfiant : « Je dirais plutôt que c'est dégoûtant.

— Mais de quoi parlez-vous au juste ? s'agaça Monsieur O. Qu'est-ce qui est dégoûtant ? Le fait que nous sommes d'accord et que c'est bien gênant dans notre affaire, ou faites-vous allusion à la splendide tricherie du monde ?

— Je parle du fait que nous sommes encore d'accord, dit Monsieur K. Les hommes devraient rester à leur place en toute circonstance. Vous et moi les premiers. Nous ne devrions être d'accord sur rien.

— C'est indéniable. Bon, et maintenant ? »

Il y eut un silence impressionnant. Monsieur K souriait, les yeux mi-clos.

« Écoutez, dit Monsieur O au bout d'un moment, j'ai un bon argument pour vous convaincre d'accepter ma proposition. Voilà : votre vie ne vaut plus grand-chose en cet instant même. De surcroît, vous êtes très vieux, vous êtes fatigué, mais comme tout le monde vous voulez reculer l'échéance de votre mort le plus loin possible. Ne s'agit-il pas d'une excellente raison pour me remettre le dossier ? Sauver votre peau pendant qu'il en est temps.

– Vous êtes confondant de naïveté quand vous vous y mettez, s'amusa Monsieur K. Il suffit de vous demander de produire des arguments pour que vous raisonniez comme un enfant... Passons... Mais, c'est manifeste : je veux vivre le plus longtemps possible.

– On ne peut pas sortir de là.

– Non, on ne peut pas. Cependant, il y a un obstacle, voyez-vous. »

Le visage de Monsieur O se rembrunit. « De quel obstacle parlez-vous ?

– De celui du choix.

– Que voulez-vous dire encore ? Vous êtes assommant...

– Qu'il nous faut aller étape par étape, Monsieur O. Une partie d'échecs comme la nôtre ne peut se jouer en un seul coup. N'est-elle pas à l'image du dédale de nos vies ? Des carrefours partout, des labyrinthes qui ne mènent à rien, des allées bien larges vers la lumière, des chemins cahoteux menant aux ténèbres ?... Comment s'y retrouver ? Il faut choisir sans cesse, quelle guigne ! Qui nous a fait un coup pareil ? N'avez-vous pas remarqué que vous avez passé toute votre existence à faire des choix ?

– Drôle d'évidence, grommela Monsieur O. Tout le monde fait de même. Où voulez-vous en venir, à la fin ?

– À cette absurdité qui nous oblige à devoir toujours choisir entre des tas de routes ou des tas de choses – au lieu de pouvoir tout avoir à la fois... »

Avec une lassitude nouvelle, Monsieur O l'interrompit :

« Si vous continuez à proférer des aberrations de ce genre, nous ne sommes pas près d'aboutir.

– Pardonnez-moi ; je voulais dire que nous devrions pouvoir cumuler tous les choix ou ne jamais avoir à en faire. N'est-ce pas ainsi qu'il faut concevoir le bonheur ? Dans l'un de ces deux extrêmes ? »

Monsieur O prit sa tête entre ses deux mains : « Qu'est-ce qu'il ne faut pas entendre quand même... Mais je vous vois venir : vous voudriez conserver à la fois le dossier Alpha et la vie sauve.

– Votre sagacité est confondante.

– Cessez de vous moquer, Monsieur K. Parce que

cette nuit, vous allez être absolument obligé de choisir. Et je dois dire que vous contraindre à ce choix absolu me procure une forme d'extase assez rare...

— Permettez-moi alors de corriger ce que je viens d'affirmer à propos du bonheur. Ce serait plutôt ceci : n'avoir jamais de choix à faire ou pouvoir tout choisir à la fois — ajouté à la chance de ne jamais croiser de faussaires de votre sorte. » Il s'interrompit, ferma les yeux, et ajouta, plus bas : « Ah, pouvoir aller droit devant soi sans craindre les faux-monnayeurs à chaque carrefour... »

Ces derniers mots réjouirent Monsieur O : « Votre façon saugrenue de voir le bonheur revient à vivre seul...

— C'est bien ce que j'ai vérifié, reconnut sombrement Monsieur K. Raison de plus pour continuer sur ma route en gardant le dossier... »

Monsieur O se leva une nouvelle fois et s'approcha de la table de Monsieur K : « Vous permettez ? demanda-t-il en prenant l'éventail d'ivoire : il fait si chaud.

— Faites », dit Monsieur K sans montrer de surprise.

Monsieur O considéra l'éventail un long moment comme s'il était une excroissance du corps de Monsieur K dans laquelle était logé ce qu'il y avait de plus secret en lui. Il murmura : « Je comprends maintenant pourquoi vous étiez fichu d'avance. Je vous plains.

– Pas autant que je me plains moi-même. Mais, bon... À propos, si vous rangiez votre pistolet maintenant. Je ne vais pas m'énerver ni bondir vers la porte. »

Monsieur O hésita, puis remit son arme dans la poche de sa veste : « Ce serait inutile, en effet. Mes hommes sont dehors et surveillent toutes les issues.

– Mes chances sont nulles, admit Monsieur K. Je ne vais pas faire de folie.

– Alors revenons à l'essentiel et finissons-en : votre vie contre le dossier Alpha. Dépêchez-vous.

– Eh bien, tant qu'à choisir et puisque vous me contraignez à ce genre de malheur, disons que... je préfère encore garder le dossier.

– Très bien, s'agaça Monsieur O en ressortant son pistolet. Je vous mets tout de suite une balle dans la tête, alors ?

– Vous savez bien que vous perdriez la partie, Monsieur O. Il vous reste encore la possibilité de la torture... Ou d'autres propositions à me faire, peut-être ? Le match continue, j'en suis sûr. Désolé, j'aurais tant aimé vous aider sans attendre...

– Votre humour ne vous sauvera pas, dit tranquillement Monsieur O. De toute façon, avec des vieux de votre espèce, on ne peut que perdre son temps.

– Ah ? s'étonna Monsieur K. Vous perdez votre temps avec moi ? Et vous me trouvez vieux ? Mais c'est vous qui êtes trop jeune, Monsieur O ! Vous ne savez pas que l'existence est un long trajet vers la maturité ? Et que les gens qui ont une vie derrière eux sont plus intéressants que ceux qui ne l'ont pas encore ? »

V

Monsieur O et Monsieur K se jaugeaient sans plus rien dire, toujours assis sous les ventilateurs qui tournoyaient au-dessus de leurs têtes dans un floc-floc monotone et entêtant. Monsieur K pensait sombrement : Pauvre Monsieur O. Ce combat est vraiment trop inégal. Les hommes devraient savoir à l'avance quand ils ont perdu...

Et Monsieur O se disait de son côté : Pourquoi y a-t-il des gens qui font toujours les mauvais choix dans la vie et s'entêtent ensuite dans les impasses où ils se jettent ? Et pensant cela, il ne savait plus tout à coup s'il voulait parler de Monsieur K ou de lui-même.

La pluie se mit à tomber à cet instant, si subite et si drue qu'elle grésillait sur le toit de palme du bar de la Dernière Chance comme un feu de forêt galopant. Les deux hommes écoutèrent un long moment ce brasier liquide et perçurent le craquement sinistre d'un nouvel arbre qui s'effondrait au loin. Monsieur K réprima un haut-le-cœur : il n'avait jamais aimé entendre les arbres mourir. Monsieur O avait tourné la tête dans cette direction et se demandait, soudain mélancolique, comment tout cela allait finir. Il dit d'un ton très las :

« Il est 2 heures du matin et nous n'avons pas avancé d'un pouce dans la résolution de notre problème. »

Monsieur K tenta d'ironiser encore : « Je fais pourtant de mon mieux pour trouver une solution qui nous éviterait d'en arriver à l'extrême préjudice que vous avez évoqué tout à l'heure ; je suis comme vous, je déteste la torture et je préférerais en finir proprement. Mais vous ne m'offrez rien d'intéressant. »

Monsieur O secoua la tête de consternation : « Vous ne savez pas où vous en êtes, Monsieur K. Vous passez sans cesse de la farce à la tragédie ; c'est pénible. Nous sommes dans la tragédie, vous feriez mieux de vous en tenir là. »

Il se pencha en avant pour ajouter que, de toute façon, la tragédie était leur lot à tous les deux, mais il eut la désagréable impression d'être comme l'étrave d'un navire fendant en vain une mer oppressante. Il se tut, certain à ce moment-là que Monsieur K ne céderait jamais. Et c'est à peine s'il entendit celui-ci dire : « C'est vrai, je vais et je viens, je ne cesse d'osciller comme un pendule que l'on pousserait dans tous les sens. Et alors ? Nous sommes tous des pendules, Monsieur O. L'avantage du mien, c'est qu'il revient toujours au même endroit : bien droit entre deux coups

— et c'est l'essentiel. » Il regarda son adversaire avec une lueur de grisaille dans les yeux et ajouta encore : « Disons que je suis un bon pendule. » Après quoi, il se laissa aller en arrière dans son rocking-chair et demanda tout doucement : « Et vous, quelle sorte de pendule êtes-vous ?

— Je n'en ai rien à faire de vos histoires de pendule ! s'exaspéra Monsieur O. Et c'est moi qui pose les questions. J'en ai justement une concernant votre vol. Parce qu'il y a quelque chose qui cloche dans cette affaire...

— Vous voulez entrer dans la complexité du monde, Monsieur O ?

— Je ne crois pas que cela m'effraie après tout ce que j'ai entendu de votre part. Oh non... » Il fit une pause et joignit les mains avant de poursuivre : « Alors, voilà : si j'ai bien compris ce qui vous habite intimement, comment se fait-il que vous n'ayez jamais révélé vous-même le secret du dossier Alpha ? À la presse, par exemple ? Vous avez l'air de tellement tenir à la vérité... Vous rendiez publique la formule et il y aurait bien eu quelqu'un pour se charger de l'utiliser. Et alors : fini le mensonge ! Vous gagniez !

— Ah, ah ! se réjouit Monsieur K, vous avez dû trembler chaque jour que Dieu fait à cette idée, je me trompe ?

— Trembler n'est pas le mot juste, corrigea Monsieur O. Le directeur général de la Centrale nous avait dit que le dossier Alpha était pire qu'une bombe nucléaire au-dessus de nos têtes. La plus grande menace que l'humanité ait jamais connue. Alors, même sans savoir exactement ce qu'était cette bombe, moi et mes hommes avons passé vingt ans à être, comment dire pour être franc... terrorisés, c'est le mot, à la perspective qu'elle éclate un jour. Chaque matin en nous levant, nous nous demandions pourquoi vous vous contentiez de fuir sans faire péter votre bombe.

– J'en étais effrayé moi-même, plaisanta Monsieur K.

– Ah ça ! Mais vous étiez protégé ensuite. Des représailles auraient été impossibles.

– Ce n'est pas ce que j'ai voulu dire, Monsieur O. En fait, j'ai de mauvaises pensées. Par exemple celle-ci : est-ce que les hommes voudraient réellement se servir de ce qu'il y a dans le dossier Alpha ? Et s'ils s'en fichaient ? Et s'ils avaient raison dans leur immense sagesse ? La force lénifiante du mensonge est peut-être préférable, après tout. Qu'est-ce que j'en sais, moi... La vérité et le mensonge, c'est une affaire autrement plus compliquée que celle du bien et le mal, vous ne trouvez pas ? Je n'ai jamais osé. »

La pluie cessa aussi brusquement qu'elle était venue et le chant des grillons remplaça le bruit d'incendie au-dessus de leurs têtes. Une odeur d'humus mouillé pénétra à l'intérieur du bar. Monsieur O ne parut s'apercevoir de rien. Il prit une nouvelle cigarette dans l'étui en argent de Monsieur K et dit simplement : « Je comprends : il faut des certitudes absolues pour un dossier pareil. »

Monsieur K laissa échapper un petit rire désenchanté : « J'en suis incapable, voyez-vous. Depuis vingt ans, je me demande : qui voudrait vraiment d'un antidote au mensonge général ? Songez déjà comme le monde irait plus mal simplement si chacun d'entre nous savait ce que ses proches racontent réellement sur lui... Quelle poisse de disposer d'une solution aussi incertaine !... »

Monsieur O s'irrita : « Moi, j'ai un bon moyen de régler vos états d'âme : rendez-moi ce foutu dossier et vous n'aurez plus besoin de vous poser de questions... Vous devriez même vous demander si vous ne mettez pas en danger votre santé mentale en gardant ce secret.

– Là, c'est votre pendule personnel qui oscille vers la comédie, fit remarquer doucement Monsieur K.

– Arrêtez avec votre affaire de pendule ! Ce que je pense, c'est que vous n'êtes pas un ennemi forcené du mensonge comme vous le prétendez. Sinon, vous auriez tout balancé depuis longtemps, quels que soient les risques. Moi au moins, je suis franc du collier, je suis un être humain véritable, un vrai faux-monnayeur. Je contribue comme tout le monde au mensonge, je ne me raconte pas d'histoires, je fais ma part du boulot dans la pantomime générale, je tiens ma place.

– Ne soyez pas trop modeste. Vous êtes largement au-dessus de la moyenne. »

Monsieur O eut un sourire : « Merci, Monsieur K. Il est vrai que j'ai toujours fait mieux que la plupart des gens. Mais c'est mon métier après tout – notre métier, cher collègue. Et, en la matière, je donne le meilleur de moi-même, je n'ai jamais triché avec ça. »

Monsieur K reprit son éventail sur la table et dit rêveusement en regardant vers les persiennes : « Avez-vous remarqué comme la chaleur revient vite après la pluie ? C'est étonnant cette faculté qu'ont les choses de la nature à reprendre toujours leur place initiale quoi qu'on fasse pour les perturber. La nature est un pendule parfait... » Il se tourna vers Monsieur O : « Vous, je ne sais pas quelle sorte de pendule vous êtes, mais je vous trouve remarquable à votre manière. Votre apport personnel à la réalité de l'humanité est effectivement exceptionnel : ces manipulations de l'opinion et des médias que vous organisez avec la Centrale forcent vraiment le respect ; et ces campagnes de désinformation, cette propagande souterraine, cette démagogie permanente dont vous irriguez la vie comme un fleuve féconde des terres arides, c'est sacrément fort... Du condensé de pure humanité, je le concède.

— Merci, Monsieur K. Mais vous êtes peut-être bien le seul à reconnaître nos mérites, hélas.

— Que voulez-vous, personne ne remarque plus rien à force d'être immergé dans ce chaudron. La force de l'habitude, c'est quelque chose tout de même... Mais à la Centrale, vous êtes les meilleurs pour attiser le feu sous la marmite, je vous rassure.

— Restons humbles, voulez-vous. Nos camarades de la publicité, du commerce et des lobbys en tout genre sont autrement plus doués que nous ; les mille tunnels très sombres qu'ils percent sans cesse sous la surface bien claire des choses, ça, c'est du boulot d'orfèvre... Moi, j'aimerais bien avoir comme eux un accord aussi constant entre ma pente naturelle et ce que je fais au quotidien.

— Ah ça ! dit Monsieur K, vous voudriez être heureux ?

— Vous rigolez ! Le bonheur est le somnifère de l'action. Non, je me contente de savoir que les marionnettes ne sont pas toujours tirées par leurs propres ficelles ; ça me suffit...

— C'est entendu, vous savez l'essentiel et je ne vous ferai pas renoncer au dossier Alpha.

— Et pas davantage si vous me redites, comme je m'y attends, que l'univers n'est pas à l'endroit mais tout à fait à l'envers : je le sais aussi bien que vous, tout le monde le sait en réalité – et tout le monde s'en fiche, c'est ça votre problème !

– Je vois que vous connaissez la musique, Monsieur O.

– Parfaitement. Et je me moque que cette musique sonne faux, ça ne m'empêche pas d'être moi-même. »

Monsieur K resta songeur un moment, se balançant toujours d'avant en arrière. Puis il déclara : « Vous avez diablement raison : qu'est-ce que ça peut faire après tout ? Mais il y a le dossier Alpha qui peut foutre le bordel en remettant tout à l'endroit... »

Il se leva et s'approcha d'une fenêtre. Il écarta la moustiquaire, regarda la nuit alentour : « Il fait bien sombre, murmura-t-il. Et on étoufferait presque avec cette chaleur ; il faudra que je songe à changer les ventilateurs. Ils en font de très performants aux États-Unis, paraît-il. J'espère que la pluie va revenir. La nuit sera longue... » Il se tourna vers Monsieur O : « Je ne vous ai même pas proposé à boire. Dans un bar, tout de même, je manque à mes devoirs... »

Monsieur O eut un geste d'agacement de la tête. Ses deux mains étaient posées sur les accoudoirs du fauteuil et il suivait attentivement tous les gestes de Monsieur K : « Le temps passe, rappela-t-il. Et il ne coule pas en votre faveur. Vous devriez vous asseoir, mon ami.

– Je ne suis pas votre ami, Monsieur O.

– C'était une façon de parler.

– Je vous sens très proche de moi, mais vous n'êtes pas mon ami. »

Monsieur O eut un geste de désinvolture : « Vous ne parviendrez pas à me blesser, mon vieux. Je résiste à tout ; j'ai une couenne plus épaisse que la moyenne des humains. C'est l'avantage de vivre en coulisse.

– Je ne doute pas un instant de l'épaisseur qu'a pu prendre votre cuir en baignant dans le jus du mensonge permanent. Sinon, vous seriez déjà mort.

– Je n'en ai pas été loin à deux ou trois reprises, vous savez… Mais c'est la règle du jeu. »

Monsieur K vint se rasseoir dans son rocking-chair et dit, énigmatique : « En réalité, il y a une raison très précise pour laquelle je n'ai jamais révélé le contenu du dossier Alpha. Une raison supérieure à toutes les autres. Si vous sortez vainqueur de notre petit duel, vous la découvrirez quand le soleil se lèvera. Il n'y a plus très longtemps à attendre. »

Il toisa Monsieur O, les yeux mi-clos, et reprit son balancement, très lentement, poussant de son pied droit sur le plancher de teck. Le rocking-chair crissait lugubrement et ce gémissement d'âme en peine ajoutait à l'oppression de la chaleur et du chuintement des ventilateurs.

« Vous savez, j'aimerais bien vous aider, finit par dire Monsieur O.

– Dans ce cas, fichez le camp et oubliez-moi…

– Non, je veux dire : vous aider à propos de la vérité et du mensonge – votre obsession principale.

– C'est vrai que je suis fatigué de tout ça. J'ai le sentiment d'être comme un marchand d'art passant son temps à faire le tri entre les vrais et les faux tableaux. C'est épuisant ; les faussaires sont de plus en plus ingénieux. Parfois, j'ai envie de tout laisser tomber.

– Alors, c'est le moment. Si cela vous tente, je vous échange le dossier Alpha contre un petit bout de vérité... »

Monsieur K se raidit. La Centrale n'avait jamais offert de « bouts de vérité » à qui que ce soit.

« Si ce que vous me révélez est à la hauteur de mes préoccupations, on fait l'échange, c'est d'accord. Mais auparavant, écoutez le bruit lointain du sablier du temps. Vous l'entendez ? Il coule inexorablement, n'est-ce pas ? C'est le bruit de la précarité des entreprises humaines, Monsieur O. Alors, ne traînez pas. Bientôt, il sera trop tard...

– Je ne le sais que trop, Monsieur K. Moi aussi, je l'entends ce foutu sablier. Alors, voilà ce que je vous offre contre le dossier Alpha : pour commencer, vous savez qu'il n'existe que deux "états de vie" pour l'homme : la guerre et la paix.

– Si vous voulez.

– Parfait. Nous vivons donc dans l'un ou l'autre de ces deux états, le reste n'a aucune importance. C'est fou ce que les gens s'évertuent à se cacher cette évidence.

– Appelons ça un lieu commun oublié, Monsieur O.

Je me demande où vous voulez en venir... Mais si vous y tenez, poursuivez.

– J'y tiens, Monsieur K, j'y tiens... Ces deux "états de vie" sont absolument opposés, n'est-ce pas ? Par conséquent, et de manière rigoureusement logique, l'univers de valeurs d'un homme dans la guerre ne peut qu'être l'inverse absolu de l'univers de valeurs d'un homme dans la paix. Ou, si vous préférez : la vérité dans la paix devient le mensonge dans la guerre – et réciproquement. Cela mène mécaniquement à la dissolution de la vérité et à ce que nous vivions tous dans le mensonge. Ça n'a l'air de rien comme ça, mais vous devriez y réfléchir. Voilà, j'ai terminé, c'était le petit bout de vérité que je voulais vous proposer en échange du dossier. »

Monsieur K prit l'air navré de celui à qui on vient de remettre les clefs de sa maison après les lui avoir dérobées dans sa poche.

« Monsieur O, dit-il, vous n'êtes décidément pas doué pour les facéties. Désolé, mais celle-ci ne vaut même pas la première des vingt pages du dossier Alpha. Il faut tout recommencer... »

VI

Avec la nuit qui avançait, la chaleur se faisait moins lourde à l'intérieur du bar de la Dernière Chance, mais il parut à Monsieur K qu'elle n'avait jamais été aussi visqueuse, comme collant au néant lui-même et à l'écoulement inéluctable du temps. La sueur perlait sur son visage comme elle le faisait depuis longtemps sur celui de Monsieur O – et il ne savait trop si c'était à cause de l'angoisse ou de la température.

Monsieur O s'impatientait, consultant sans cesse sa montre ou la grande horloge du bar, une sourde aigreur au milieu du ventre. Une nouvelle fois il fut tenté d'appeler ses hommes pour en finir au plus vite, mais un reste de prudence l'en empêcha ; et aussi sa fierté. Le désir de vaincre Monsieur K en solitaire s'était définitivement ancré en lui : il « aurait » son adversaire à son propre jeu, rien que par les mots.

« Nous perdons notre temps ! » jeta-t-il d'un ton impatient.

Il se leva, le regard soudain brutal : « Reprenons, Monsieur K : si je vous ai bien compris, vous ne tenez pas particulièrement à la vie ?

— Façon de parler, Monsieur O.

— Je voulais dire : mourir pour le dossier Alpha vous semble plus important que votre existence, c'est bien ça ?

— Il paraît que je tiens ce genre de comportement de mon grand-père paternel.

— Qu'est-ce que vous voulez que ça me fasse ? rétorqua Monsieur O.

— Oh, mon Dieu, je disais ça pour parler. Mon grand-père était l'un des derniers bandits d'honneur corses. Il s'est fait tuer par les gendarmes dans les années trente. Juste pour défendre une vallée perdue, à peu près sans intérêt.

— On ne se refait pas, j'imagine.

— Je m'en accommode. Et vous, de qui descendez-vous ?

— Moi ? Pourquoi vous répondrais-je ?... » Monsieur O parut réfléchir, haussa les épaules, et dit finalement : « Mon grand-père était un Russe blanc. Il est mort en Amazonie pour pas grand-chose. Une histoire de rédemption à ce qu'on m'a raconté. Sur un bateau ou quelque chose de ce genre, je crois.

— C'est idiot.

— Sûrement. »

Monsieur O se rassit en maugréant : « Je me demande bien pourquoi je vous raconte tout ça...

— Parce que vous avez envie de me battre sur mon propre terrain, répondit Monsieur K : par la seule dialectique. Cela vous honore. Mais vous avez des progrès à faire. » Il reprit son éventail d'ivoire : « Dieu qu'il fait lourd ! Et ça ne s'arrange pas, il me semble. Cette chaleur... Je croyais y être habitué pourtant... Quoi qu'il en soit, pour un enjeu comme le nôtre, loin des yeux de qui que ce soit, il faut de l'exceptionnel, du jamais vu. Et pour l'instant, votre situation est devenue inconfortable : vous n'arrivez pas à me persuader de vous rendre le dossier Alpha, et maintenant que vous me connaissez vraiment, vous n'avez pas très envie de me torturer pour le récupérer.

— Vous croyez ? sourit Monsieur O. Alors, c'est que vous n'êtes pas un aussi bon pendule que ça. » Puis il se ravisa : « Mais c'est vrai : il est difficile de torturer quelqu'un quand on le connaît bien. Il ne faudrait faire ça qu'aux gens dont on ignore tout.

— Vous savez, avec un peu de haine, ça s'arrange assez facilement.

— La haine ? Il y a mieux que ça, Monsieur K.

— Je suis curieux de vous entendre. »

Monsieur O secoua la tête en ricanant : « Parvenez à trouver quelque chose pour nier toute humanité à celui que vous torturez – faites-en donc un animal –

et ça devient très facile. C'est même jouissif si vous parvenez à vous convaincre que c'est un "animal nuisible". J'ai compris ça pendant une mission que je menais au Rwanda en 1994. Une mission comme je les aime, pleine de vessies qu'on faisait prendre pour des lanternes... Quoi qu'il en soit, quand les Hutus ont été persuadés que les Tutsis ne valaient pas plus que des cafards – comme ils disaient –, ils ont pu leur faire ce que moi je fais aux cafards véritables.

– Mais avouez qu'en y ajoutant la haine du cafard, ces Hutus ont obtenu des résultats bien supérieurs.

– Je le reconnais, concéda Monsieur O. La haine est toujours utile dans ces affaires, c'est entendu. D'ailleurs, vous en connaissez un sacré bout là-dessus... Vingt ans à rancir dans la détestation des imposteurs en tout genre, ça n'arrange personne. Mais j'imagine que votre nature vous y prédestinait.

– Comme vous y allez !

– Je ne me vante pas, Monsieur K. Votre nature profonde, je l'ai découverte dès qu'on m'a confié la mission de vous retrouver. Vous savez comment ? En cherchant qui pouvait vous être assez cher pour le prendre en otage et l'échanger contre le dossier Alpha.

– Vous avez fait chou blanc, évidemment...

– Vous êtes étonnant, Monsieur K : pas de parents vivants, pas de famille, pas de femmes ou d'enfants, pas même d'amis proches. Rien. Le néant absolu... Vous étiez rigoureusement seul. Vous n'aimiez personne : c'était le début de la haine. »

Monsieur K ne répondit pas et alluma une cigarette qu'il laissa se consumer au bout de sa main. Ce que Monsieur O venait de dire jetait en lui une gêne diffuse et il se demanda – comme il l'avait constamment fait au cours des vingt dernières années – ce qu'aurait été son existence s'il n'avait jamais découvert que le mensonge et la vie n'étaient qu'une seule et même chose. Et qu'il n'existait pas de frontière entre tragédie et comédie. Il avait dû se débrouiller avec ça.

« Monsieur O, dit-il, pourquoi croyez-vous que j'étais un excellent agent secret ? La solitude, il n'y a que ça de vrai pour notre job. C'était mon choix. Et encore aujourd'hui : seul contre tous dans l'affaire qui nous occupe. Disons que ça me convient. Mais vous avez prononcé tout à l'heure le mot le plus sensé que j'ai entendu dans votre bouche depuis que vous êtes entré ici : néant. Je me demande si vous en avez conscience...

– Je vous admire, répliqua Monsieur O sans se vexer. La plupart du temps, je ne suis pas d'accord avec vous, mais je vous admire.

– Néant, je vous dis. Répétez le mot "néant", Monsieur O, vous verrez comme vous approcherez de la "vérité du mensonge"... »

Il s'emporta soudain, comme sous le coup d'une brusque colère : « Nom d'un chien, essayez donc un peu de comprendre !...

– Où est le dossier Alpha, gronda Monsieur O : c'est la seule chose que je doive comprendre. »

Monsieur K se calma d'un coup : « C'est moi qui vous admire maintenant. Quelle constance dans l'erreur ! Mais peut-être bien que ça vous permettra de gagner, après tout ; vous avez encore du temps devant vous. Il n'est que 3 heures du matin...

– Justement, annonça Monsieur O, j'ai une autre proposition de la Centrale à vous transmettre en échange du dossier puisque le reste n'a pas marché ; vous allez être impressionné. »

Il sortit une fiche cartonnée d'une poche de sa veste et prit le temps de la consulter. « Voilà, finit-il par dire en relevant les yeux. Nous avons estimé que, si vous teniez moins à la vie qu'au dossier Alpha, vous voudriez peut-être quand même éradiquer la haine qui est en vous. Alors... tenez-vous bien – et ne riez pas, je vous prie – nous vous proposons très logiquement le contraire de la haine : l'amour... »

L'intensité de la surprise qui se dessina sur le visage de Monsieur K, mêlée d'une inquiétude sans nom devant la proposition effarante qu'il venait d'entendre, fut l'une des rares joies que devait ressentir Monsieur O au cours de cette longue nuit. Et il se fit la réflexion que la Centrale avait finalement bien préparé son affaire pour prendre Monsieur K par surprise, là où il s'y attendait le moins. Il n'y avait décidément que la comédie pour mener à la tragédie, pensa-t-il. C'était réjouissant, tout bien considéré. Et il eut un sourire intérieur en songeant à toutes les munitions du même genre qu'il avait encore en réserve contre Monsieur K, bien ordonnées sur ses fiches pour faire monter la tension jusqu'au paroxysme. La Centrale pouvait être très créative...

Monsieur K avait posé son éventail d'ivoire et arrêté le balancement de son rocking-chair. L'étonnement avait disparu de son visage ; ses yeux s'étaient striés de minuscules veinules rouges et ses lèvres étaient devenues si minces qu'elles semblaient comme un petit fil blanc tendu horizontalement sur le bas de son visage. Lentement, il tordait ses mains l'une contre l'autre. Il dit :

« L'amour ? Ah, comptez sur moi, Monsieur O ! Mais qu'est-ce que vous entendez par là au juste ? Vous allez me proposer de nouvelles obscénités sur le mode comique ? Celles que vous avez proférées sur la vérité ne vous suffisent pas ? »

Monsieur O protesta : « Je dis juste que vous êtes encore jeune et que l'amour est l'antidote de la haine, chacun sait cela ; c'est donc un excellent remède aux tourments de l'esprit ; franchement, nous pouvons remédier au fait que vous n'ayez jamais connu de femme. Je veux dire au sens amoureux du terme... »

Monsieur K réprima l'emportement qu'il sentait monter en lui. Il jeta : « Ah çà, être amoureux, mais pour quoi faire ? Je me porte très bien comme je suis. Je n'ai à m'inquiéter pour personne, ni femme, ni enfants, ni amis ; je suis réellement libre...

– Vous êtes d'un égoïsme à peine imaginable, se désola Monsieur O. Et de surcroît, prisonnier de vous-même, c'est clair pour moi maintenant... Vous me voyez inféodé à la pantomime des hommes telle une bonne marionnette de la vie et vous avez sans doute raison ; j'ondule devant les idoles du monde comme les serpents devant la flûte de leurs fakirs. Soit. Mais être séquestré par soi-même comme vous l'êtes, ce n'est pas plus brillant. Oh, bon sang, je ne vois pas où est la différence...

– Pensez ce que vous voulez, déclara Monsieur K, mais je maintiens : je n'ai à m'inquiéter pour personne. Qu'avez-vous à me proposer de mieux ? »

Monsieur O se racla la gorge, ne sachant trop soudain comment présenter les choses. Il fit mine d'examiner à nouveau sa fiche, longuement, un peu gêné par ce qu'il allait annoncer, puis se lança : « Ce n'est pas d'un amour banal que je voulais parler, Monsieur K, mais... du grand amour avec une femme. Voilà, c'est dit : en échange du dossier, nous vous proposons le

grand amour, la sensation inouïe de vivre pleinement !
C'est véritablement quelque chose de formidable, vous
savez – et que vous ne connaissez pas. Vous pourrez
savourer ce bonheur en toute tranquillité quand vous
n'aurez plus rien à craindre de nous et que la haine
vous aura quitté. »

Il s'arrêta, le souffle court, presque étonné de la
conviction dont il avait fait preuve pour proférer ces
horreurs. « Oui, le véritable amour, répéta-t-il mécaniquement.

– Vous êtes un spécialiste en la matière, j'imagine,
persifla Monsieur K.

– Oh, je fais de mon mieux... Vous savez bien que
la vie d'agent secret permet de ces choses dont les
hommes ordinaires n'ont pas idée... »

Il y eut un silence, puis Monsieur O se pencha en
avant, le cou tendu, et dit à mi-voix : « Figurez-vous
que nous avons la personne qu'il vous faut, Monsieur K. Nous l'avons découverte de manière parfaitement scientifique, sans rien négliger, utilisant nos
meilleurs ordinateurs et systèmes de calculs. D'après
l'ensemble des critères psychologiques contenus dans
votre dossier personnel, vous tomberez littéralement
amoureux de la femme que l'on vous a dénichée à
l'autre bout du monde... Voulez-vous voir la photo de
cette incroyable personne ? Je l'ai sur moi. »

Il farfouillait déjà dans un gros portefeuille en

peau de crocodile tiré de l'une de ses poches. Monsieur K l'observait sans rien dire. Monsieur O marmonnait en continuant à chercher : « C'est une vraie bénédiction, vous verrez... » Et Monsieur K secouait la tête de droite à gauche en se demandant avec colère pourquoi la Centrale continuait à jouer avec lui cette carte insupportable de la farce au milieu du drame.

Enfin, Monsieur O sortit une photo d'une enveloppe pliée en deux : « La voilà ! » jeta-t-il.

Monsieur K détourna aussitôt la tête, ordonnant d'un ton sans réplique : « Gardez ça pour vous ! Je veux bien rigoler un moment, mais maintenant, ça suffit. »

Il se renversa en arrière : « Mon cher Monsieur O, s'il me prenait la fantaisie de m'occuper d'amour – je veux dire de l'amour d'une femme –, je m'en chargerais moi-même. Dans ce domaine, et c'est bien le seul, je ferais comme tout le monde. Je décline donc votre proposition. Redevenons sérieux, je vous prie... »

Sans un mot, Monsieur O rangea la photo dans l'enveloppe, la replaça dans son gros portefeuille et remit celui-ci dans sa poche. « D'une certaine manière, vous me décevez... dit-il. Faire comme tout le monde, c'est bougrement dégueulasse !

– Je suis bien d'accord. Mais, que voulez-vous, l'amour, on ne sait jamais comment ça tourne, alors qu'un vrai but dans la vie ça dure aussi longtemps qu'on veut. Avez-vous déjà songé à ça ? Non, bien sûr ! Vous êtes un homme normal, vous réfléchissez *à* ce que vous faites, jamais *sur* ce que vous faites. Alors, simplifions, disons que j'ai déjà un grand amour : le dossier Alpha...

— Mais enfin, protesta Monsieur O, ce n'est pas la même chose ! On ne caresse pas un dossier, on ne l'embrasse pas, on n'échange pas avec lui, il ne vous dit pas des mots gentils, toutes ces choses-là ; on ne vieillit pas paisiblement en sa compagnie, la main dans la main ; et on ne lui fait pas l'amour, que diable !

— C'est encore une évidence, admit Monsieur K. Mais au moins, un dossier comme celui qui nous occupe ne vous déçoit jamais, il ne vous trompe pas, il ne vieillit pas du tout, et vous n'en divorcez pas... Il est éternel et immuable ; ça n'a pas de prix comme amour. »

Monsieur O le contempla avec une intensité singulière avant de lâcher froidement : « Vous déraillez complètement, mon vieux ! »

Monsieur K hocha la tête d'un air entendu : « Vous dites ça parce que vous êtes jaloux.

— Jaloux ? Quelle drôle d'idée...

— Je suis sûr qu'il n'y a pas de grand amour dans votre vie. Moi, j'en ai un. Vous êtes jaloux.

— Cette fois, il n'y a plus de doute. Préférer la vérité d'un dossier à l'amour d'une femme : vous appartenez à une nouvelle espèce de terroristes.

– Ne me flattez pas, Monsieur O, nous allons vivre une nuit tragique.

– Ne vous répétez pas, s'il vous plaît, c'est perturbant. »

Monsieur K poussa un long soupir : « Oui, mon vieux ; mais moi je m'en arrange. Ce n'est pas comme vous, à ce qu'il me semble.

– Vous êtes un homme désespérant, Monsieur K.

– Je suis un homme désespéré, Monsieur O. »

VII

Le silence était devenu si compact que la stridulation des insectes nocturnes avait pris la consistance d'un mur ne laissant passer aucun autre bruit ; on n'entendait même plus le chuintement lancinant des ventilateurs. Monsieur O se tenait immobile et pensif. Monsieur K se balançait toujours dans son rocking-chair, le regard perdu vers la véranda.

Monsieur O rompit le silence en premier : « À bien y réfléchir, nous ne parviendrons à rien, Monsieur K.

– J'ai quelque idée là-dessus...

– Parce qu'on ne peut rien faire avec un désespéré.

– C'est probable.

– Un désespéré est bien capable de résister à la torture et à tous les arguments qu'on peut lui soumettre. J'ai entendu dire qu'un désespéré ne raisonne pas. Vous devriez vous suicider. »

Un éclair narquois passa dans les yeux de Monsieur K : « Ça vous arrangerait, hein ? Mais que deviendrait le dossier Alpha sans moi ?

– Auparavant, vous pourriez...
– Vous le rendre ? Mais enfin, c'est ridicule. Après tout ce que je vous ai dit ?... »
Monsieur O prit un air lamentable : « J'aurai vraiment tout essayé. » Et il se rencogna dans son fauteuil.
« Ne devenez pas un désespéré vous aussi, dit calmement Monsieur K. Nous parviendrons peut-être à un arrangement, qui sait ?
– Vous voulez parler d'espoir, je vous vois venir...
– Pourtant, j'avance masqué, comme tout un chacun. »
Monsieur O s'irrita : « Arrêtez de parler à tout propos de mensonge. C'est obsédant à la fin...
– Ah ? Alors, c'est entendu : je n'essaierai pas l'espoir avec vous. Et vous ferez de même avec moi ; ça ne pourrait pas marcher. Pour un forcené de la vérité, l'espoir est un déguisement d'amateur, vous savez.
– De toute façon, avoua Monsieur O, j'ai épuisé ma réserve d'espoir depuis longtemps : à cause de vous et de ces vingt années passées à vous courir après.
– Quoi qu'il en soit, cessez de regarder mon horloge. Il est 4 heures du matin. »
Monsieur O passa un doigt dans le col de sa chemise trempée de sueur : « Bon sang, quelle chaleur, maugréa-t-il. Tout de même, vous auriez pu trouver un autre endroit que Madagascar pour vous planquer... Des coins pareils, ça vous met un de ces cafards...

– Sans parler de ce temps qui passe sans rien apporter, dit Monsieur K. On angoisserait pour moins que ça. Mais reprenez mon éventail ; il est très efficace, vous verrez. Et très symbolique : il ne chasse pas que les mauvaises chaleurs du corps. Je ne m'en sépare jamais. »

Monsieur O fit non de la tête : « Vous et vos symboles, je commence à en avoir par-dessus la tête ! On ne peut pas comprendre des gens de votre espèce : trop différents. » Il ôta sa veste qu'il plia soigneusement sur l'un des accoudoirs de son fauteuil. « Ça va mieux comme ça, dit-il, soulagé. Reprenons. À la Centrale, ils ont réfléchi à autre chose pour traiter avec vous. Du plus solide encore. La vie, l'amour, il faut bien admettre que ce sont des bricoles comparées au dossier Alpha ; nous faisions fausse route. » Il jeta un regard de commisération à Monsieur K : « C'est vous qui aviez raison ; la vie et l'amour, ça ne peut pas concerner des gens de notre espèce.

– C'est manifeste.

– Mais figurez-vous qu'il y a une qualité dont la plupart des gens sont dépourvus et qui devrait vous décider à me remettre le dossier Alpha. C'est une qualité humaine, naturellement. »

Monsieur K répondit avec réticence : « Je suis curieux d'entendre ça.

– Vous n'allez pas être déçu, mon vieux. L'idée de

la Centrale est de vous proposer de... comment dire... de devenir parfaitement honnête. Oui, honnête comme personne avant vous. »

Monsieur K le considéra avec perplexité : « Vous n'êtes pas sérieux, je suppose. Vous voulez encore me faire rire ?

– Pourquoi pas l'honnêteté ? insista Monsieur O d'un ton las. Réfléchissez à ce qu'elle signifie dans ce monde du mensonge où vous vivez ; n'est-ce pas l'antidote idéal à votre problème ?

– Honnête ! Ce gros mot dans votre bouche... Vous exagérez... »

Monsieur O se leva, un sourire désolé sur les lèvres, et revint se pencher sur le rocking-chair de Monsieur K. Celui-ci ne bougea pas et se mit à contempler le plancher à ses pieds, comme prêt à s'endormir. Monsieur O, qui ne voyait plus que le haut de son crâne dégarni, chuchota : « Vous qui aimez les raisonnements solidement argumentés, vous allez devoir reconnaître que celui que je vais vous servir est irréprochable. Suivez-moi attentivement : si vous me remettez le dossier Alpha sans aucune contrepartie – je dis bien sans quoi que ce soit en échange –, que se passera-t-il ? Non seulement vous ne serez plus un voleur mais vous deviendrez l'homme le plus intègre, le plus honnête, le plus désintéressé, que la terre ait jamais enfanté – compte tenu de la valeur du dossier. Et une honnêteté aussi pleine, aussi entière, aussi charnelle, pour tout dire, n'est-elle pas la meilleure ennemie du mensonge ? Voilà, c'est on ne peut plus solide et charpenté comme raisonnement, vous ne trouvez pas ? La Centrale pourra effacer l'intégralité de votre passé et vous réhabiliter officiellement.

— Comme raisonnement, je dirais que c'est prodigieux, grommela Monsieur K sans bouger.

— Nous ferions n'importe quoi pour vous, soupira Monsieur O en retournant s'asseoir. Oui, n'importe quoi... »

Il croisa les bras sur les rondeurs de son ventre et se pencha à demi pour tenter d'apercevoir le visage de Monsieur K : « Alors, que dites-vous de notre proposition ? »

Monsieur K se redressa, posa les coudes sur la table devant lui et prit sa tête entre ses mains. Il parut s'abîmer dans une intense réflexion. Il se disait : Oh, bon sang, comme j'aimerais que le soleil se lève enfin pour balayer toute cette boue. Mais j'ai encore gagné une heure ; restons sur le terrain de ce pauvre Monsieur O.

Alors, il demanda : « Aurais-je mon nom gravé sur la grande plaque de marbre blanc de la salle d'honneur de la Centrale ?

— Oh, certainement ! Vous serez aux côtés de tous les agents élevés au rang de héros du fait de leurs états de service hors du commun.

– Je n'avais pas pensé à ça. Ah oui, c'est drôle ; laissez-moi réfléchir... »

Il écouta un long moment la nuit noire autour de lui, puis ajouta : « Savez-vous pourquoi j'aime ce fauteuil à bascule, Monsieur O ? Non, bien sûr, vous ne pouvez pas savoir... Eh bien, ce rocking-chair, voyez-vous, compose une harmonie parfaite avec le pendule que je suis : un mouvement en avant, un mouvement en arrière, jamais en repos, mais quand il s'arrête, c'est au milieu, tout droit, bien équilibré... Je suis profondément moi-même dans ce fauteuil, dans une synchronisation absolue avec le monde. Ce que c'est que la vie, tout de même... »

Monsieur O le contempla avec incrédulité : « Je n'ai jamais rien entendu d'aussi absurde, Monsieur K.

– Bah, c'est l'existence qui est comme ça, après tout. Mais pour ce qui est de mon nom sur la plaque de marbre de la salle d'honneur, je dois dire que, vu sous un certain angle, c'est une consécration tentante pour un homme tombé dans les bas-fonds de l'existence.

– Il est vrai qu'avec votre vol incompréhensible, vous avez atteint les pires bas-fonds qui se puissent imaginer...

– Je m'en sortirai, Monsieur O, je m'en sortirai... La vie n'étant qu'une longue suite d'épreuves à surmonter, l'essentiel n'est-il pas de pouvoir dire à la fin : nous avons gagné ?

– Sans aucun doute, Monsieur K. Et c'est en vous rachetant que vous allez gagner.

– Attendez un instant... Vous entendez ce vent qui se lève dehors ? Il annonce la pluie ; elle revient. C'est curieux comme elle arrive toujours au bon moment, celle-là... »

Un coup de tonnerre creva le silence dans un fracas terrible et le bar de la Dernière Chance fut traversé d'une lueur étourdissante, remplacée aussitôt par une obscurité insondable. La pluie tomba aussitôt en cascade – lourde et menaçante.

Monsieur K dut élever la voix pour dire : « J'aimerais bien devenir honnête, Monsieur O ; mais, que voulez-vous, depuis vingt ans je me suis arrangé avec les bas-fonds de l'existence. J'y suis à l'aise ; c'est là que la vérité s'est réfugiée, si vous voulez mon avis – et ces bas-fonds conviennent parfaitement au dossier Alpha. J'ai donc le regret de vous annoncer que ma réponse est négative. »

Un deuxième coup de tonnerre empêcha Monsieur O de répondre – et l'éclair qui suivit révéla ses traits défaits de fatigue. Il attendit le retour du silence pour jeter avec dégoût : « Monsieur K, qui peut comprendre un type de votre espèce ? La vérité dans les bas-fonds de l'existence ?... Tant que vous y êtes, mettez-y aussi l'amour et tout ce que je vous ai proposé.

– N'exagérez pas, répondit Monsieur K. Ces choses

dont vous parlez sont à leur place exacte ; ce n'est pas comme les hommes. L'amour n'est pas si mal coté à mon avis ; mais la vérité se trouve tout en bas de l'échelle. Que voulez-vous, personne ne veut payer son vrai prix : trop éreintant. Vous devriez voir les choses telles qu'elles sont si vous voulez me vaincre quand viendra le jour.

– Très bien, répliqua Monsieur O : ça vous va si j'affirme que le mensonge est sur les sommets du monde ?

– Je vous trouve un peu excessif... Et pour tout vous avouer, je dois ajouter ceci : je détesterais qu'on me considère comme un homme honnête. Ce serait vraiment trop... comment dire... malhonnête compte tenu de tout ce que je sais sur le mensonge. Si j'ai volé le dossier Alpha, c'était pour devenir honnête, voyez-vous. »

Monsieur O le contempla sombrement : « Vous avez décidément une dialectique très inventive : que vous trouviez malhonnête de devenir honnête, c'est un truc assez fort. Et que vous ayez volé pour ne pas devenir malhonnête, c'est du grand art également.

– Juste un effet logique du mensonge, Monsieur O ; vous devriez y réfléchir. »

Celui-ci ricana : « On devrait enseigner ça à l'école des cadres de la Centrale. Ils s'amuseraient bien...

– Je ne crois pas, répondit tristement Monsieur K.

C'est démoralisant à la fin. Et puis, il y a autre chose encore : comme je n'ai jamais rencontré un seul homme parfaitement honnête, je ne voudrais pas me retrouver tout seul pour ça aussi. »

La pluie cessa à cet instant, avec une soudaineté si surprenante que le silence qui suivit parut presque menaçant. Monsieur O se redressa, l'oreille tendue. « Pour un peu, on s'attendrait à je ne sais quoi derrière ce silence, maugréa-t-il.

— C'est juste un grain tropical qui est passé sur nous, dit Monsieur K. N'y voyez rien de symbolique ou de prémonitoire ; c'est la nature. Ne vous inquiétez donc pas à tout propos. Je sens votre énervement et c'est un handicap dans une partie d'échecs comme la nôtre ; la dialectique est un art qui nécessite une parfaite maîtrise de soi.

— Toute cette affaire est déjantée, dit Monsieur O.

— Ça m'en a tout l'air, acquiesça Monsieur K. Mais il faut tenir encore un peu. »

VIII

« Il est maintenant 4 h 30 du matin, annonça Monsieur O.
— Plus que cinq heures avant l'arrivée de mes employés...
— Je commence à désespérer pour de bon, Monsieur K.
— Ne vous découragez pas. Qui peut bien savoir comment notre affaire va s'achever ? Et puis, quelle que soit l'issue, deux désespérés dans le bar de la Dernière Chance, au fin fond du monde, ça aura quand même eu de l'allure pour une histoire comme la nôtre. Surtout sans témoin. Nous ne faisons pas tout ça pour la galerie. »

Monsieur O eut un mouvement désabusé des épaules : « Allez au diable avec votre romantisme à deux sous ! Moi, maintenant, je déteste ce bar... En fait, je hais les ventilateurs, les boiseries lustrées, les fauteuils anglais, les lumières tamisées, et surtout cette horrible horloge que je ne veux plus regarder. Toutes ces choses sont ridicules. Et je déteste votre humour comme vos fausses certitudes.

– Vous êtes vous aussi un homme de paradoxes, fit remarquer Monsieur K tout doucement. En entrant ici à minuit, vous aimiez l'ambiance surannée de ce bar, et il y a peu encore vous disiez être fier de moi d'une certaine manière. Vous aviez encore l'espoir de vaincre, naturellement. Maintenant que cette illusion a disparu, votre opinion change. Vous êtes comme tout le monde, finalement : vous oscillez au gré des circonstances et n'êtes jamais en repos. Vous devriez accorder un peu plus d'attention au fait que vous êtes un pendule. Vous le régleriez beaucoup mieux.

– Vous êtes content de vous, pas vrai ?

– On a les satisfactions qu'on peut, Monsieur O. Vous ne pouvez pas savoir comme j'ai envie que le jour se lève pour dissiper ces ténèbres. Mais le temps passe, nous n'allons pas à l'essentiel : parlez-moi de votre vie.

– Vous êtes psychanalyste maintenant ? »

Monsieur K laissa échapper un petit rire désespéré : « Vous savez bien que j'essaie de gagner du temps. Il me faut tenir jusqu'à l'aube ; comme la brave petite chèvre de Monsieur Seguin dont on nous racontait l'histoire dans notre enfance, vous vous souvenez ? Je dois faire comme elle : croire jusqu'au bout à l'essentiel, à ma victoire possible, payer le prix pour ça... Et puis, ce sont mes derniers instants de paix avant l'interrogatoire musclé que je pressens ; alors, j'en profite. Vos hommes doivent être très forts pour ces manières-là – et vous aussi, Monsieur O.

– Je ferai de mon mieux, comptez sur moi...

– Voilà bien une chose dont je ne doute pas... Alors, allez-y, parlez-moi un peu de vous : comment êtes-vous devenu agent secret ?

– Vous voulez vraiment le savoir ?

– Pourquoi pas ? Vous verrez que ça va nous aider à avancer.

– Ça m'étonnerait, mais après tout, au point où nous en sommes... »

Monsieur O se cala dans son fauteuil et reprit : « Vous savez ce que je voulais devenir dans ma jeunesse ? Écrivain.

– Ah !

– Monsieur K, cessez donc de vous balancer, s'il vous plaît. Vous me donnez le tournis à la fin... »

Monsieur K arrêta de ses deux pieds le mouvement du rocking-chair : « De toute façon, vous n'aviez pas la tête de l'emploi, dit-il.

– Vous savez, il faut se méfier des gens qui ont la tête de l'emploi. Ils font toujours des histoires : ça leur paraît tellement nécessaire de faire ce qu'ils ont l'air d'être... Quoi qu'il en soit, je voulais être écrivain.

– Admettons ; et ensuite ? »

Monsieur O se leva lourdement et se mit à marcher de long en large entre les tables du bar, les mains croisées derrière le dos, la nuque voûtée vers ses chaussures, un air tourmenté sur son visage fourbu. « En fait, c'est assez simple, dit-il au bout d'un moment. Et ça va vous intéresser puisque tout ce qui touche à la vérité et au mensonge vous tracasse... Alors, voilà : dans ma jeunesse, j'étudiais la littérature quand il y a eu le fameux drame de l'année 20.., vous vous rappelez ?

– Vous voulez parler de la loi sur le droit d'auteur de cette époque, je suppose ? »

Monsieur O s'arrêta de marcher et considéra Monsieur K attentivement : « C'est bien ça ; mais vous vous fichez de la littérature, j'imagine. Vous êtes du genre à détester à peu près tout ce qui existe... »

Une lueur d'intérêt passa dans le regard de Monsieur K. « Comment faire autrement ? Le monde moderne n'est-il pas le fossoyeur des gens de mon espèce ? De la fausse monnaie partout, plus rien de grand pour vous emporter quelque part. Que voulez-vous que je fasse ?... Le passé et l'avenir sont ma seule patrie, voyez-vous. Dans le passé, je sais au moins qui je fréquente, et dans l'avenir, je peux choisir qui je côtoierai ; ça me va très bien.

– À votre manière, vous êtes vraiment quelqu'un d'incroyable, dit Monsieur O admiratif. Qui d'autre que vous pourrait avoir des idées pareilles...

– De toute façon, je ne crois qu'à la vérité universelle contenue dans le dossier Alpha ; le reste est réellement sans intérêt. Mais je vous ai interrompu. Poursuivez, s'il vous plaît. »

Monsieur O se rassit, maudissant toujours la chaleur. Sa chemise collait maintenant à sa peau. « Il faut absolument que vous me compreniez, dit-il. Donc, cette année 20.., le droit d'auteur a été aboli au nom de la liberté des lecteurs. »

Monsieur K haussa les épaules : « Que voulez-vous, les lecteurs sont plus nombreux que les auteurs ; la démocratie faisait son travail.

– Toujours ces idées bizarres, hein ? En tout cas, les lecteurs ont pu faire ce qu'ils voulaient du contenu des livres. J'ai très mal vécu ça, figurez-vous : un livre était publié et les jours suivants on en trouvait mille versions différentes sur Internet ; chacun y allait des modifications de texte qui lui convenaient et proposait sa version personnelle. On allait jusqu'à changer de fond en comble les romans des écrivains les plus célèbres. Même nos grands classiques passaient à cette moulinette collective. Et, voyez-vous, assister impuissant à la réécriture de Balzac ou de Maupassant par n'importe qui m'a jeté dans le plus grand des effrois...

– Simple vanité, Monsieur O. Vous vouliez que les auteurs soient eux-mêmes et personne d'autre. Et même : au-dessus de leurs lecteurs. C'était dépassé.

– Vous croyez ?

– J'en suis certain. Le mensonge peut prendre toutes les formes. Surtout les plus imprévues. »

Monsieur O resta un long moment silencieux avant de soupirer : « Peut-être... Et sans doute faut-il vivre avec son temps ; n'est-ce pas ce que dit l'adage populaire ? En la matière, je n'ai d'ailleurs pas à me plaindre. Avec tous ceux de mon espèce, j'appartiens aux gens qui sont toujours en avance sur leur temps. C'est même nous qui le produisons... En tout cas, après cette loi scélérate de 20.., j'ai abandonné l'idée d'écrire ne serait-ce qu'un livre dont la moindre phrase pourrait être aussitôt corrigée par le plus parfait inconnu ; ce genre de vol m'a donné le vertige... Vous ne trouvez pas que c'est encore pire que d'utiliser la musique de Beethoven pour vanter une marque de yaourts à la télévision ou d'accoler le nom de Léonidas à une marque de chocolat ?

– C'est drôle comme parfois vous savez voir les formes les plus pernicieuses du mensonge généralisé, s'amusa Monsieur K. Mais vous ne trouverez pas grand monde pour penser comme vous. L'habitude est prise pour ce genre de choses ; et l'habitude est le sédatif du mensonge – par consanguinité, pour ainsi dire. Mais, je vous ai interrompu : poursuivez, je vous prie. »

Monsieur O se racla la gorge : « Oh ! dit-il, je n'ai plus grand-chose à ajouter. Après une telle loi, j'ai perdu toute vocation pour l'écriture. J'ai eu envie de me cacher : je me suis retrouvé dans les services secrets. »

Monsieur K laissa échapper un petit rire grinçant : « Vous vous êtes tout de suite senti à l'aise, j'en suis sûr. »

Monsieur O approuva d'un hochement de tête désabusé : « J'ai instantanément adoré mentir par profession. Je n'avais plus aucun remords, je collais au monde tel qu'il était. Vous avez vécu ça, n'est-ce pas ? Connaître une chose mieux que quiconque et dire son contraire au profit d'une vérité qui n'en est elle-même pas une, et ainsi de suite à l'infini, m'a réconcilié avec la vie telle qu'elle est en réalité. C'était mieux que d'écrire des livres. Je n'étais plus un amateur. »

IX

Monsieur O et Monsieur K continuaient à se jauger sous les ventilateurs du bar de la Dernière Chance, assis l'un en face de l'autre. Monsieur O s'épongeait le front et Monsieur K s'éventait de temps à autre. Puis Monsieur O dit :

« Il s'agit de ne plus traîner maintenant... Je regarde votre fichue horloge et je m'inquiète pour de bon.

– Si au moins il n'y avait pas ce silence de la nuit, n'est-ce pas ? Il est déroutant dans les circonstances qui sont les nôtres...

– Ah ! Cela vous trouble aussi ? s'inquiéta Monsieur O.

– Comment faire autrement ? répondit Monsieur K. Avez-vous remarqué comme le monde moderne est tonitruant ? Vous ne trouvez pas que le bruit est l'envahisseur que la modernité n'attendait pas ? Il n'y a que des endroits comme mon bar où l'on peut trouver une telle absence de vacarme. »

Monsieur O acquiesça : « Je me demande si dans

l'avenir le silence ne se vendra pas à prix d'or ; ça devient une matière première exceptionnelle, la demande va croître. Je suis certain que des gens feront fortune grâce au silence. »

Monsieur K considéra Monsieur O avec un drôle d'air. « Tout cela ne fait pas avancer notre affaire, mais vous pourriez bien finir par me devenir sympathique. Peut-être n'êtes-vous pas complètement perdu... Je dois vous avouer cependant que si j'aime le silence, c'est parce qu'il est l'ennemi du mensonge.

– Qui pourrait avoir l'idée saugrenue de lier silence et mensonge ? Je ne vois pas le rapport. Il faut vraiment que vous ayez quitté le monde des hommes pour affirmer une chose pareille.

– Quitté le monde des hommes ? dit Monsieur K. Vous me trouvez... inhumain, alors ?

– Quelque chose comme ça, oui...

– Vous ne pouvez imaginer le plaisir que vous me faites. Toute ma vie, j'ai essayé d'être le plus inhumain possible. »

Monsieur O secoua la tête : « On ne peut vraiment rien tirer de vous, Monsieur K. Vous prenez tout à contre-pied. Systématiquement. Être le plus inhumain possible ! Vous n'êtes pas sérieux ! En fin de compte, ce n'est pas plus mal que vous ayez trahi la Centrale. Si vous étiez resté chez nous, en vingt ans vous auriez saccagé le service.

– Allez savoir, répondit Monsieur K. Mais ce que je voulais dire, c'est que je n'ai jamais compris pourquoi tant de personnes cherchent à être le plus humain possible. Quelle curieuse idée ! Car à considérer la nature humaine, ne vaudrait-il pas mieux s'en éloigner autant que faire se peut ? Je me souviens du jeune agent T, par exemple. Vous ne l'avez pas connu, je suppose ? Ce que je vous raconte se passe il y a longtemps...

– Non, j'ignore absolument qui c'était.

– Aucune importance, à vrai dire... Ce brave garçon était sous mes ordres à l'époque du génocide cambodgien. C'était quelqu'un de très jeune, tout pénétré de l'importance de notre mission sur place – un machin digne de Méphistophélès, d'ailleurs... En voyant ces monceaux de cadavres, scientifiquement constitués par des êtres parfaitement méthodiques et doués de raison, il criait à l'inhumanité la plus définitive qu'il ait jamais rencontrée. Le mal radical, c'était ça. »

Monsieur O leva les yeux au ciel d'un air entendu : « Cet agent T manquait d'expérience, voilà tout.

– N'est-ce pas ? Il m'a fallu lui faire remarquer, avec toutes les précautions d'usage, que ce qu'il voyait était en réalité l'expression la plus aboutie de l'humanité... J'ai été obligé de lui expliquer qu'il avait la chance inouïe, comme cela arrive rarement dans une vie, de découvrir enfin la vérité parfaite de l'homme. La vérité toute nue. Que demander de plus ?

— En effet, admit Monsieur O. Et tel que je vous connais maintenant, vous avez dit à votre agent T que les bons sentiments sont le cache-misère de la pantomime du monde – ou quelque chose de ce genre, je me trompe ?

— Pas du tout... Vous progressez vers la vérité. Quelques efforts encore et vous y serez... »

Monsieur O eut un curieux rire métallique qui parut à Monsieur K à l'unisson de la stridulation des insectes venant du plus profond de la nuit : « Voyons voir, reprit Monsieur O. Je parie que vous avez aussi affirmé à ce brave agent que, s'il voulait être humain au sens vrai du terme, il lui fallait impérativement cesser de l'être au sens commun. Est-ce que je vois clair ou est-ce que vous allez me sortir quelque chose d'encore plus tordu ?

— Vous avez gagné, Monsieur O. Je lui ai dit qu'il lui fallait sortir du chemin de l'homme habituel pour être l'homme véritable.

— Et que vous a-t-il répondu ?

— Rien. Il m'a pris pour un fou... »

Monsieur O gloussa de satisfaction au fond de son fauteuil de cuir : « Vous êtes un incompris, déclara-t-il. Et si vous parvenez à sortir vivant d'ici, ça ne s'arrangera pas à l'avenir, vous pouvez me croire...

— C'est ce que j'ai toujours pensé, reconnut Monsieur K avec un geste désinvolte. Mais qu'importe après tout !

– Vous refusez de ressembler à un homme normal, alors ? »

Monsieur K ne répondit pas tout de suite, s'éventant à nouveau, un air de désolation sur le visage. « Vous n'y pensez pas, murmura-t-il au bout d'un moment. Le néant n'a pas besoin de cela en plus.

– Vous êtes déroutant à parler encore de néant. Je ne comprends pas la moitié de ce que vous racontez, Monsieur K...

– Oh, cessez de dire ça... Si vous faisiez un petit effort, vous comprendriez tout ; et vous saisiriez aussi pourquoi je ne vous dirai jamais où se trouve le dossier Alpha.

– Je n'ai vraiment pas de chance.

– Allez savoir, Monsieur O... La chance est une compagne versatile et fugace pour les gens de notre espèce. »

X

Il y eut soudain comme une rumeur sourde dans le lointain, quelque chose d'imprécis qui semblait monter de la nuit et se rapprochait lentement du bar de la Dernière Chance.

« Qu'est-ce que c'est ? demanda Monsieur O, instinctivement en alerte.

– À mon avis, quelque chose que vous n'attendiez pas », annonça Monsieur K, un vague sourire sur les lèvres.

Monsieur O quitta son fauteuil de cuir et remit sa veste, gardant la main droite dans la poche où se trouvait son pistolet : « Ah, diable... Ce sont des sirènes de police !

– Dans moins de cinq minutes, vos hommes vont avoir affaire à forte partie, mon vieux. Les policiers malgaches ont de la poigne.

– Mais comment ?... »

Monsieur K l'interrompit, reprenant le balancement de son rocking-chair : « Oh, il y a une sonnette très discrète sous ma table. Malheureusement pour vous, elle est reliée au commissariat de Fort-Dauphin. C'est très utile pour les voyous qui viennent faire du grabuge dans mon bar de temps à autre. J'ai appuyé dessus il y a cinq minutes. Il le fallait bien. »

Monsieur O prit un air déçu : « Ainsi, il vous arrive de tricher ! Vous aviez pourtant juré que notre duel durerait jusqu'à 9 h 30.

– Pourquoi vous étonner, Monsieur O, nous vivons dans le mensonge, vous en avez convenu vous-même... Et votre mémoire vous trompe : je n'ai rien juré du tout... J'ai parlé de duel et de partie d'échecs parce que je n'avais pas le choix. Vous non plus d'ailleurs. Mais si je peux abréger cet inutile face-à-face dans la nuit et le silence, je ne vais pas me gêner. »

Monsieur O se rassit : « À ce que je vois, nous avons plutôt joué au poker menteur.

– Poker menteur, jeu d'échecs... C'est à peu près la même chose, Monsieur O. Enfin, je veux dire : du point de vue du mensonge. Maintenant, vous feriez mieux de filer très vite ; les sirènes se rapprochent, il va y avoir du grabuge...

– Ça vous amuse, hein !

– Ma foi, Monsieur O, les occasions de rire ont manqué ces derniers temps... Vous croyiez me tenir, mais c'est vous qui êtes fichus désormais ; la Centrale ne peut pas tout prévoir, finalement. J'avais un coup en réserve. Et peut-être même quelques autres.

– Vraiment, Monsieur K ?

– Oh, on ne peut dire mieux... Si vous traînez, la police va vous arrêter – disons pour tapage nocturne –, et vous irez vous expliquer au poste... Je n'en demande pas davantage : gagner une heure ou deux. Demain, je serai loin. Depuis vingt ans, j'ai toujours une planque d'avance quelque part, Monsieur O. Je suis seul contre tous, mais le dossier Alpha est bien protégé – même par des policiers malgaches qui n'en savent rien... Quelle belle fonction du mensonge là encore... Il va vous falloir des années pour me retrouver, mais vous y parviendrez, Monsieur O, j'en suis certain ; notre histoire commune est loin d'être achevée. Nous nous reverrons, la partie continue, c'est notre destin commun... En attendant, dépêchez-vous : avec un peu de chance vous échapperez à la police... »

Monsieur O l'interrompit d'un geste : « Chut, Monsieur K ! Écoutez mieux maintenant... Vous entendez ? On dirait que les sirènes se sont arrêtées...

– Normal. La route se termine à deux cents mètres du bar de la Dernière Chance. En ce moment les policiers grimpent le long de la colline. Il me semble déjà entendre leurs pas dans les fourrés.

– Moi aussi, je les entends, dit Monsieur O. Mais à la réflexion je vais rester bien tranquillement dans mon fauteuil. Je me plais ici... »

Monsieur K arrêta le balancement de son rocking-chair et fixa Monsieur O avec dans les yeux une lueur où ce dernier crut distinguer tour à tour inquiétude et surprise.

« Mon vieux, vous débloquez complètement, dit Monsieur K. Ces policiers sont mes amis. Un mot de ma part et vous dégustez. Alors, ne tardez plus, fichez le camp d'ici, je vous aime bien quand même...

– Pourquoi m'enfuirais-je, Monsieur K ? On n'entend plus rien, maintenant. À mon avis, les policiers parlent en ce moment même avec mes hommes.

– Dans ce cas, il est trop tard pour que vous filiez ; vous allez passer un sale quart d'heure...

– Les policiers doivent être en train d'échanger des cigarettes avec les gars de mon équipe, laissa placidement tomber Monsieur O. C'est fou ce que ces Malgaches aiment fumer et bavarder avec des étrangers... Vous entendez ? Ils rient maintenant... Ces policiers sont de braves garçons, décidément. Depuis un mois que nous vous surveillons pour savoir où vous avez bien pu cacher le dossier Alpha, nous avons eu le temps de nous faire apprécier d'eux. Ce que c'est que les hommes, quand même... Rien à en tirer... »

Monsieur O semblait très abattu tout à coup.

« Vous essayez de jouer au plus malin, maugréa Monsieur K.

– Oh, pas du tout... Je n'en suis plus là depuis longtemps, vous savez... »

Monsieur O dodelinait de la tête, les deux pouces passés dans les revers de sa veste ; celle-ci était toute froissée et Monsieur K distinguait nettement deux minces coulées de sueur séchée qui partaient de chaque côté du col et descendaient jusqu'à la hauteur des derniers boutons :

« L'ennui avec les policiers mal payés, poursuivit Monsieur O, c'est qu'on peut s'en faire des amis pour pas grand-chose. »

Monsieur K reprit le balancement de son rocking-chair, les deux mains croisées derrière la tête, dans une attitude de détachement que la raideur de tout son corps démentait. Sa cigarette laissait monter vers le plafond un étroit filet de fumée.

« Je vois... finit-il par dire d'un air désinvolte. Ah, c'est bien joué, Monsieur O. Je m'incline devant votre professionnalisme. J'entends déjà les policiers repartir. On ne peut vraiment se fier à personne... »

Monsieur O eut une mimique blasée : « Même pas à soi-même, pas vrai ? Vous vous êtes trompé sur ces policiers, c'est regrettable...

– Pitoyable, devriez-vous dire.

– Vous avez raison : pour un spécialiste du mensonge, vous n'avez pas été à la hauteur... Mais ce sont des choses qui arrivent à tout le monde. Allez, courage, la partie continue – jusqu'à 9 h 30, pas une minute de plus. Alors, pour la dernière fois : où se trouve le dossier Alpha ?

— Vous n'aurez rien, Monsieur O.

— À votre aise. Nous allons donc tout reprendre à zéro et je vais vous laisser encore une chance. La dernière : comme le précise le nom de votre satané bar... »

XI

Monsieur K demanda : « Par quoi voulez-vous que nous recommencions ? Vous avez l'air bien songeur, tout à coup, Monsieur O.

– C'est que je viens de penser à des choses pénibles. Et aussi qu'il est 5 heures du matin. J'ai perdu beaucoup de temps depuis que je suis entré chez vous. Tout ça à cause de votre entêtement. Les hommes devraient savoir quand ils ont perdu.

– C'est également ce que j'ai pensé en vous voyant... Mais il vous reste quand même plus de quatre heures avant la fin de la partie ; rien n'est acquis, à mon avis.

– Que Dieu vous entende...

– S'il vous plaît, ne parlez pas de Dieu à tort et à travers.

– Excusez-moi, je me suis mal exprimé. Je voulais dire : que le diable vous entende !

– À la bonne heure, approuva Monsieur K. Si Dieu avait à faire avec nous, ça se serait vu depuis longtemps... Mais de vous à moi, le diable se fiche pas mal de notre affaire lui aussi. Nous sommes entre nous. Juste entre nous...

— Ne parlez plus de néant, marmonna Monsieur O, c'est fatigant à la fin.

— Très bien, restons-en là puisque vous préférez traverser la vie sans rien comprendre et sans rien apprendre. Mais vous n'êtes pas près de régler correctement votre pendule personnel... »

Monsieur O ricana gentiment : « Que voulez-vous, je suis seulement un passager de la vie. Je ne peux pas remonter le courant comme vous. Oubliez-moi un peu, s'il vous plaît.

— Dans ce cas, dites-moi qu'elles étaient ces choses pénibles auxquelles vous venez de songer ?

— Bah, rien d'essentiel. Je pensais à votre succès éventuel. À la possibilité que vous réussissiez à garder le dossier Alpha et que je doive rentrer bredouille à la Centrale.

— Vue sous cet angle, notre histoire est sinistre, admit Monsieur K. Mais à votre place, je me dirais que personne ne triomphe jamais complètement dans ce qu'il entreprend, qu'il se trouve toujours une part de succès dans chaque défaite et que certaines d'entre elles sont plus glorieuses que des victoires. Je me raconterais des histoires de ce genre pour me consoler. »

Monsieur O le contempla, dépité : « C'est un peu maigre, non ?

— Bah, reprit Monsieur K, même si je gagne, vous ne serez pas complètement perdant. Il y aura une part de victoire dans votre défaite parce que vous avez tout tenté pour me vaincre. Vous avez bravé le destin et c'est ce qui compte ; vous n'avez pas triché avec ça, vous avez mis toutes vos forces dans la bataille. C'est la part de vérité qu'il y a en vous et vous ne vous en rendez même pas compte... »

Il s'interrompit, le regard perdu, et Monsieur O vit passer dans ses yeux une lueur douloureuse et lancinante, comme il n'en avait jamais vu chez aucun homme. Mais déjà cette lueur s'effaçait et Monsieur K reprenait : « Oui, ce qui compte, c'est que vous avez tout jeté dans la balance, Monsieur O. Une part de vérité... » Il s'arrêta encore, parut réfléchir, et ajouta : « Ensuite, tant pis si l'échec est au bout de la route. D'une certaine façon, la victoire est quand même là... »

Monsieur O écoutait son vieil adversaire sans avoir le courage de l'interrompre. Il se sentait las et fatigué.

« Vous allez perdre contre moi, continua Monsieur K d'une voix où il n'y avait aucune satisfaction ; vous n'aurez jamais le dossier Alpha mais grâce à l'immensité de vos efforts vous aurez gagné à votre manière. Voyez-vous, il n'y a de dignité que dans le combat.

— Vous m'êtes décidément sympathique, déclara Monsieur O à voix basse. Votre mystique du courage est impressionnante, je dois dire. Comme l'espoir indéracinable que vous croyez voir chevillé au cœur des hommes, ne le niez pas ; c'est... comment dire... touchant.

– Ah ? Je ne voulais pas aller jusque-là, vous savez... Vous êtes un homme de qualité, je ne tiens pas à vous attraper avec des simagrées de ce genre. »

Monsieur O eut un sourire sans joie : « Personne ne le pourrait, je vous rassure ; je ne suis pas comme tous ces gens qui dansent la grande farandole du mensonge sans même le savoir. Je sais que l'orchestre joue faux mais je m'en fiche éperdument... »

Il y eut un silence d'une épaisseur extraordinaire. Puis Monsieur O poussa un nouveau soupir en disant :

« Oui, je m'en fiche bien ; mais quand je pense à certaines choses que j'ai faites, j'ai presque envie de me suicider.

– Ah, bon sang ! Racontez-moi ça, c'est le moment ou jamais.

– Vous allez bien rire, Monsieur K... Savez-vous qu'il y a cinq ans, lorsque nous avons perdu votre trace à Bobo-Dioulasso, la Centrale m'a chargé de réaliser un sondage secret dans la population pour affiner nos manipulations futures. Je ne devais poser qu'une seule question afin d'aller au cœur du problème – au cœur des ténèbres, disions-nous dans mon équipe... Et savez-vous la question que j'ai choisie ? La plus vicieuse qui soit : "Quelle est à votre avis la qualité principale chez un homme ?"

— Effectivement, à votre place je ne m'en vanterais pas.

— Que voulez-vous, dit Monsieur O. Obéir... L'habitude du mensonge... Ainsi vont les choses. Naturellement, les réponses ont été d'une banalité aussi affligeante que ma question. Songez un peu : 50 % des gens ont répondu l'honnêteté, 15 % la générosité, 10 % le courage, 5 % la compassion, et ainsi de suite... Moi, j'aurais pensé à tout sauf à ça. »

Monsieur K parut s'abîmer dans de sombres pensées. Puis il dit à mi-voix : « En ce qui me concerne, j'aurais répondu que la plus grande qualité humaine c'est le cynisme. Pas vous ?

— Vous y allez fort, protesta Monsieur O.

— Réfléchissez plutôt. Et au bon endroit, je vous prie — ou dans le bon sens, si vous préférez. Ce sera lumineux, vous verrez.

— Et d'où provient ce cynisme dont vous faites profession ?

— De la lucidité, Monsieur O. » Il se leva, considéra un instant son adversaire sans rien dire et, finalement, se dirigea vers la plus grande des fenêtres, située près du bar d'acajou verni. Il regarda la nuit qui s'étendait partout devant lui, sans une seule étoile dans le ciel, sans la moindre clarté de lune, et dit : « Mon vieux, la lucidité, c'est ce qui combat l'obscurité d'une nuit comme celle-ci ; ça n'a pas de prix. Exactement comme le silence. La générosité et toutes les choses du même genre, franchement, c'est à la portée du premier venu. Après tout, il suffit de mettre la main à la poche ; un petit geste, et hop ! on améliore son humanité comme disent les gens qui font ça... Mais quoi, Monsieur O... L'effort est faible et le risque nul. On reste aveugle : c'est comme ça qu'on peut continuer à danser la grande cavalcade du mensonge avec l'esprit en paix. Ah ! Horreur...

– Vu de cette manière, évidemment, concéda Monsieur O.

– La lucidité, c'est le job de toute une vie, reprit Monsieur K en revenant s'asseoir. Toute une vie, je vous dis... » Et il contempla Monsieur O d'un air désespéré.

Celui-ci sortit un calepin de l'une de ses poches, ainsi qu'un stylo-plume qu'il dévissa : « À partir de maintenant, je vais relever toutes ces choses étranges qui sortent de votre bouche. Quand je prendrai ma retraite, peut-être bien que j'essaierai quand même de devenir écrivain. J'aurais des trucs à raconter... » Il ouvrit le calepin, le cala sur ses genoux, et commença à écrire. « Voilà, dit-il bientôt avec un petit rire moqueur. J'ai noté l'essentiel. Et j'ai aussi ajouté que j'étais persuadé que vous ne pensiez probablement pas un seul mot de toutes les choses cyniques que vous avez proférées depuis que nous sommes ensemble... »

Monsieur K hocha la tête d'un air amusé : « Allez savoir, Monsieur O. Est-ce que je le sais moi-même ? Ce qui est certain, en tout cas, c'est qu'il faut essayer de surprendre dans ce que nous faisons, arriver là où personne ne nous attend... Les soldats comme les écrivains de race utilisent cette bonne vieille tactique. En tant qu'écrivain futur, vous devriez en tenir compte.

– C'est entendu, dit Monsieur O. Je ne tiens pas à vous contrarier. Toutefois, en ce qui me concerne, je suis plutôt fier d'avoir toujours agi dans ma vie de manière conforme, de n'avoir jamais rien dit qui puisse surprendre quelqu'un ou le gêner. J'y ai trouvé une forme de sérénité dont vous n'avez pas idée... Mais je sais aussi que je compte pour rien en ce bas monde. Parler avec vous est déprimant... »

Monsieur K approuva : « Déprimant est le mot. Quoi qu'il en soit, il me semble que nous avançons dans la résolution de notre problème. Et comme je voudrais quand même vous être agréable après tout ce que je vous ai fait subir, je vous promets une sacrée surprise pour la fin... »

XII

De longues minutes passèrent dans le silence le plus complet. Monsieur K était allé chercher deux verres d'eau derrière le bar, en avait posé un sur la table devant Monsieur O, et tous les deux buvaient, perdus dans leurs pensées, toujours assis aux mêmes places, l'un dans son fauteuil de cuir, l'autre dans son rocking-chair.

Finalement, Monsieur O demanda : « Vous ne trouvez pas que le silence devient anormalement lourd ?

– Il est seulement d'une qualité exceptionnelle, répondit Monsieur K. Vous savez bien que c'est une particularité du bar de la Dernière Chance. Nous ne sommes pas pour rien au bout du monde. Vous êtes tranquille.

– Tranquille ? Drôle de façon de voir les choses. Mais il faut en finir avec ce silence : reprenons le boulot. En fait, j'ai encore une proposition à vous faire en contrepartie du dossier Alpha.

– Vous êtes un homme rassurant, dit Monsieur K.

Vous avez toujours des munitions dans votre besace : je vous écoute. »

Monsieur O parut se replier sur lui-même, hésitant. Enfin, il annonça : « La Centrale vous offre le pouvoir, Monsieur K. Le pouvoir en supplément de la vie, de l'amour et de tout ce que je vous ai déjà proposé...

– On peut dire que vous connaissez la valeur du dossier Alpha, se contenta de répondre Monsieur K.

– À cette échelle, le mensonge n'a pas de prix.

– Je suis heureux de voir que nous sommes encore d'accord. Mais précisez un peu ce que vous entendez par pouvoir. Parce que ça pourrait bien m'intéresser... »

Monsieur O pensa : Nous y voilà... Finalement, tout le monde a un prix. C'est d'un triste... Et il croisa les bras sur sa poitrine pour déclarer : « Qui refuserait le pouvoir, n'est-ce pas ? Nous sommes au cœur du sujet.

– Au cœur des ténèbres, peut-être, Monsieur O ?

– Qu'importe ! Ce coup-ci, j'aimerais être à votre place.

– Poursuivez, s'impatienta Monsieur K. Qu'est-ce que la Centrale veut me proposer exactement comme pouvoir ?

– Que diriez-vous de devenir député ? On peut arranger cela sans difficulté.

– Je vous trouve assez pingre, Monsieur O.

– Disons ministre alors, ce ne serait pas trop compliqué pour nous. Ou patron d'une multinationale, ça vous irait ? Sinon, je peux encore vous proposer d'être général d'une de nos armées ; commander des hommes, ce n'est pas mal non plus... Surtout par les temps qui courent où plus personne ne commande et plus personne n'obéit... Alors ? »

Monsieur K prit son étui à cigarettes sur la table devant lui, le contempla un instant et demanda : « Monsieur O, savez-vous pourquoi je ne fume jamais de cigarettes dans leurs paquets d'origine ?

– Qu'est-ce que cette question vient faire ici, mon vieux ? »

Monsieur K ouvrit l'étui en argent, prit soigneusement une cigarette, comme s'il la choisissait parmi toutes les autres, et l'alluma, aspirant la fumée avec une volupté presque méticuleuse : « Toutes les bonnes choses doivent être mises à l'abri, dit-il, énigmatique. Vous me comprenez, n'est-ce pas ? » Il s'interrompit, parut réfléchir et ajouta : « Ainsi soit-il... » Puis il tourna les yeux vers Monsieur O et celui-ci crut déceler un bref éclat de folie dans ce regard d'une extrême noirceur qui soudain le sondait comme il ne l'avait encore jamais fait depuis qu'il était entré dans le bar de la Dernière Chance. Et dans cet éclat de folie, il lui sembla qu'il y avait une obscurité en tout point semblable à celle de la nuit qui les entourait de toute part. Un étrange écœurement le gagna et il songea à ce que Monsieur K avait dit à propos du néant. Agacé, il chassa le vertige qui grandissait en lui et haussa le ton pour demander : « Alors, c'est oui pour l'un de ces postes ? »

Monsieur K dodelina de la tête, les yeux mi-clos : « Président de notre belle République, ce serait vraiment impossible ? »

Monsieur O se leva brusquement, la poche droite de sa veste déformée par le poids du pistolet : « Dites donc, vous êtes sacrément gourmand ! » Mais il se rassit aussitôt avec un air de bête traquée : « Il est vrai que le pouvoir ne se partage pas... » Il serra les accoudoirs de ses deux mains : « Eh bien, soit, c'est d'accord ! Figurez-vous que je suis autorisé à aller jusque-là. Vous aurez le pouvoir suprême... On vous fera élire président de la République. On a les moyens pour ça. La Centrale avait prévu votre réaction. Vous ne pouviez pas obtenir mieux... »

Un long silence suivit. La tête levée, Monsieur K observait les volutes de fumée de sa cigarette qui montaient bien droites vers le plafond et, arrivées au niveau des ventilateurs, tourbillonnaient subitement sur elles-mêmes avant de disparaître. Il pensa sans joie : Tout coule, tout naît pour mourir, tout disparaît... Il baissa la tête et prit un air pincé : « Le secret du cataclysme d'une vérité comme celle du dossier Alpha vaut bien la place de président de la République, cher collègue. Pas moins. »

Monsieur O ne sentit pas dans la profondeur de

son âme le soulagement auquel il s'était attendu. Les heures passées avec Monsieur K l'avaient éreinté au-delà du possible ; il ne trouva qu'un seul désir en lui, incompréhensible et inquiétant : que le jour se lève et que tout s'achève – le silence, la nuit, le néant. Il dut faire un effort singulier sur lui-même pour dire : « En tout cas, c'était un beau duel, Monsieur K. Exactement comme vous le souhaitiez ; jamais la dialectique n'avait vu échange aussi étincelant, j'en suis sûr. Ni aussi absurde, j'en suis certain également. Quoi qu'il en soit, nous pouvons nous estimer satisfaits : nous avons tous les deux ce que nous voulions. »

Monsieur K le regarda fixement : « Nous touchons surtout au cynisme parfait ; ça me plaît.

– Je ne voudrais pas vous contredire maintenant, soupira Monsieur O. Alors soit : nous allons tous baigner dans la principale qualité humaine.

– C'est un fait.

– Quoi qu'il en soit, je vais pouvoir rappeler mes hommes, récupérer le dossier Alpha, et aller me reposer. Dans moins d'un mois, vous serez président de la République. Je vous garantis que la Centrale vous obéira au doigt et à l'œil.

– Je serai bientôt votre chef, fit remarquer Monsieur K.

– C'est une perspective qui me réjouit ; croyez-le si vous voulez...

– Il y a cependant un problème...
– Ah ? Tout est dit, pourtant !
– C'est que je n'ai pas du tout envie d'être président de la République. Tout bien considéré, ça ne m'intéresse pas...
– Nom d'un chien ! s'écria Monsieur O. Mais qui donc refuserait un pouvoir pareil ?
– Un futur suicidé, jeta froidement Monsieur K. Je connais la Centrale aussi bien que vous. Tout ça, c'est de la blague, une manipulation de plus, un mensonge ajouté par-dessus tous les autres ; je ne ferais pas vingt-quatre heures comme président de la République. Le nombre d'accidents est colossal aux postes suprêmes...
– Allons donc, dit Monsieur O, les mains toutes blanches de déception. Vous lisez trop de romans d'espionnage... »

Il se leva et vint s'accroupir devant Monsieur K : « Il ne vous arrivera rien », jeta-t-il avec force.

Monsieur K baissa la tête pour regarder son adversaire avec un sourire de miséricorde : « Vous en êtes sûr, Monsieur O ?

– Je fais ce que je peux, maugréa celui-ci en se relevant. Moi, si on m'offrait une chose pareille, je vous assure que... »

Monsieur K le coupa d'un ton irrité : « En fait, c'est l'aphrodisiaque du pouvoir qui m'incommode. Même comme simple député. Enfin, réfléchissez un peu !

Vous me voyez vraiment devenir le chef suprême de la contrefaçon ? Quelle dérision pour un traître de mon envergure ! Quelle défaite morale ce serait ! Non, non, pour rien au monde... Je suis à l'autre bout de l'échiquier, moi ; je ne suis pas au carnaval...

– Finalement, vous êtes un subversif, lui lança Monsieur O ; rien d'autre ! »

Et il retourna s'asseoir avec l'impression que son cœur ne battait plus dans sa poitrine. Il pensait en même temps : « Toucher au but après tant d'effort et tout voir détruit d'un coup ! Et je n'ai plus qu'une carte à jouer... »

Monsieur K lui jeta un regard peiné. « Vous avez utilisé le mot "subversif" en ce qui me concerne ? Une fois de plus, vous n'y êtes pas. C'est l'exact contraire ; je suis un "invertif" : j'essaie de remettre les choses à l'endroit. C'est autrement plus compliqué ; vous n'avez rien compris en fin de compte. La partie continue. Il va falloir me supporter jusqu'à l'ultime moment.

– Vous êtes ma croix depuis vingt ans, grommela Monsieur O. Alors, quelques heures de plus ou de moins... Mais peut-être qu'on ne peut jamais se débarrasser des individus atteints d'une malformation du mensonge comme la vôtre... Vouloir que le nom des choses corresponde à la réalité, c'est d'un grotesque... Et ça n'a jamais été à la mode... »

Monsieur K haussa les épaules : « De toute façon,

vos propositions de pouvoir n'avaient aucune chance de m'intéresser parce qu'il n'y a plus que deux endroits sur terre qui peuvent me convenir...

— Ne vous fatiguez pas, l'arrêta Monsieur O avec lassitude. Je connais ces deux endroits : le bar de la Dernière Chance et le cimetière...

— Tout juste, dit Monsieur K. Tout juste... »

XIII

Assis dans son fauteuil, Monsieur O remuait avec dérision le souvenir de ses anciennes années passées dans la plus mythique des écoles de la Centrale. On la surnommait « la Taupinière ». C'était l'« école de toutes les écoles ». Il y avait été longuement formé et entraîné – comme Monsieur K. On enseignait là-bas tout ce qui ne s'enseignait pas ailleurs. Cette formation particulière, destinée à l'élite des agents clandestins, était si secrète que rares étaient ceux qui savaient en quoi elle consistait véritablement. Les hommes qui sortaient de cette fournaise – tout au plus une poignée chaque année car la sélection était impitoyable – étaient capables de tout faire, de tout supporter, de tout entreprendre. Surtout, ils avaient appris à manier l'art de l'influence et de la manipulation comme personne avant eux. Jetés dans le monde réel, ils irriguaient la vie avec une fécondité qui ne cessait de fructifier de génération en génération, associée à la puissance créatrice de leurs associés du monde marchand. Mais Monsieur O se demandait à quoi tout cela avait bien pu lui servir en fin de compte. Devant le refus de Monsieur K, il se sentait maintenant comme une flaque d'eau transformée en bloc de glace sous le coup d'un froid intense – et il parvenait à peine à surmonter le dégoût qu'il avait de lui-même. C'était injuste, se disait-il aussi. Monsieur K sortait du même moule et il aurait dû être dans un état identique d'abattement ; cependant, il continuait de s'éventer dans son rocking-chair, sans paraître se soucier de quoi que ce soit, indifférent à ce qui l'entourait.

Monsieur O ferma les yeux et rassembla toutes ses forces mentales. Il songea à la vaillance de ses agents postés à l'extérieur du bar de la Dernière Chance, à ce qu'il leur devait, et au grand patron de la Centrale qui comptait sur lui plus que sur quiconque. Dans cette certitude, il puisa une nouvelle fermeté d'âme et retrouva la pugnacité qui avait fait sa réputation au sein des services. Il rouvrit les yeux et, d'un ton mordant, lança à Monsieur K :

« Vous êtes un criminel du langage ! Une dialectique honnête est impossible avec vous. Vous mêlez tout ce qui doit être séparé – et ne séparez rien de ce qui doit l'être. Toutes les conclusions de vos raisonnements sont faussées d'avance. »

Monsieur K ne s'offusqua pas. Il dit comme à regret : « Vous êtes en colère, n'est-ce pas ? Je vous comprends.

Vous avez cru gagner... et puis... Mais vous n'avez pas encore perdu non plus. Tout reste à faire, pour vous comme pour moi.

– Si ça se trouve, maugréa Monsieur O, personne ne peut gagner un duel comme le nôtre. Nous sommes de force égale.

– Alors, laissons tomber... Tout est fichu. Je vous autorise à employer la torture sans attendre davantage. »

Monsieur O balaya d'un geste cette proposition : « Nous avons dit jusqu'à 9 h 30. Tenons nos engagements.

– Alors, vous l'aurez voulu, grommela Monsieur K.

– Toujours des sous-entendus... Vous cherchez encore à gagner du temps ? Mais je vous l'ai donné, ce temps ; je ne fais que ça depuis minuit !

– On ne me donne rien, c'est moi qui prends tout. »

Monsieur O se pencha sur son gros carnet et se mit à écrire, très lentement : « Je note ça, dit-il : vous n'avez pas la moindre idée de ce qu'est le désintéressement. Rappelez-vous une nouvelle fois que cette nuit est tragique.

– Tragique ou comique, c'est du pareil au même au milieu des farces que vous m'infligez. Vous êtes mon destin. Mais je sais me tenir.

– Je note ça aussi : savoir se tenir en toute circonstance... » Puis Monsieur O posa son stylo, referma son calepin et déclara : « De toute façon, un homme capable de refuser le pouvoir suprême est extrêmement dangereux.

– J'ai surtout quelques problèmes avec les notions d'obéissance et de soumission. »

Monsieur O se gaussa sans gaieté aucune : « Je m'en serais douté, mon vieux...

– Chacun son rôle encore une fois, répliqua Monsieur K. Vous, c'est la soumission à l'autorité – et vous en êtes, si je puis dire, un exemple parfait.

– Vous ne m'aurez pas comme ça. Ces histoires d'obéissance et de soumission ne peuvent pas m'atteindre. C'est ma gloire d'en être. La nature fait ce qu'elle doit pour l'ordre des choses et je suis de son bord. Oui, je suis pour l'obéissance à la nature et à son ordre... Le chiffre cinq est toujours supérieur au chiffre quatre, et tous les deux respectent l'autorité de cette hiérarchie ; les hommes font de même dans leur sage et grande mécanique, et tout va pour le mieux – sauf qu'il y a toujours des grains de sable de votre espèce dans les interstices de la machine. Heureusement, la Centrale est là pour nettoyer ces interstices quand nécessaire. »

Il prit une cigarette dans l'étui de Monsieur K sans rien lui demander et l'alluma avant d'ajouter à travers la fumée : « Je vous aime bien, mais vous êtes un grain de sable gênant la nature des choses. C'est très embêtant...

— Il suffirait cependant d'un rien pour... »

Monsieur K avait parlé si bas que Monsieur O dut tendre son cou pour saisir la suite. C'était un cou épais et massif, rougi par la chaleur. Le front barré de rides, il demanda : « Qu'est-ce que vous allez encore inventer ?

— Oh, rien... C'est juste un souvenir qui me revient en mémoire ; ça vous intéresse ?

— Si vous y tenez, Monsieur K.

— Alors, voilà. Vous savez que, au temps de mes années passées à la Centrale, j'ai été décoré de notre ordre national suprême par le président de la République de l'époque ?

— J'ai lu ça dans votre dossier. C'était en récompense d'une de vos manipulations de l'opinion publique en coordination avec un groupe de banquiers et de commerciaux du secteur des assurances, n'est-ce pas ? Du travail d'orfèvre, je dois dire.

— Vos compliments me touchent, dit Monsieur K. Toujours est-il que je me souviens très bien de ma remise de décoration. Le président était au fond de la grande salle d'apparat du palais et j'avançais entre deux colonnes de gardes en grand uniforme. De part et d'autre de ces deux colonnes se massait tout ce que notre pays comptait en ce temps-là de hauts fonctionnaires, de ministres et de dignitaires. On m'avait gâté : rien que du beau monde. Et tous au garde-à-vous – ou presque. La cérémonie était réglée au millimètre par le protocole. Le président était immobile et... comment dire...

– Impressionnant, déclara Monsieur O. C'est le mot juste. Le président était impressionnant. J'ai vu les photos dans votre dossier : un vrai souverain... »

Monsieur K se leva de son rocking-chair, son éventail d'ivoire à la main, et se mit à marcher de long en large. Il semblait brusquement très agité. « C'est exactement cela, dit-il. Un souverain auquel tout le monde obéissait sans discuter. » Il fit une pause et dévisagea intensément Monsieur O : « Mais voilà maintenant l'histoire... » Il se remit à marcher, la tête penchée en avant, et ses pieds grinçaient à chaque pas sur le plancher de teck : « Quand le président m'a épinglé la médaille sur la poitrine et que je lui ai serré la main avec déférence, je me suis dit, dans une sorte d'étourdissement qui m'a fait tourner la tête, quelque chose d'assez incroyable pour moi à l'époque...

– Ah ? Et quoi donc, Monsieur K ? Vous m'inquiétez.

– C'est naturel, Monsieur O. J'existe pour cette seule et unique raison : vous inquiéter, vous et tous les autres.

– Je m'en étais rendu compte... Mais ne vous prenez pas pour ma conscience et poursuivez, je vous prie.

– J'y compte bien... Je me suis donc fait la réflexion, à ce moment précis de la cérémonie, que dans d'autres circonstances j'aurais pu tout aussi bien tourner le dos au président, me mettre à rire, me moquer de lui, ou n'importe quoi du même genre, sans que cela ait la moindre conséquence, mais à une condition, naturellement... Vous voyez où je veux en venir ? » La voix de Monsieur K s'était voilée d'une sourde inquiétude et ses yeux étaient comme deux éclats de silex très froids. « Allons, de grâce, faites un effort, rejoignez-moi sur ma route ; au moins quelques instants.

– Vous déraillez complètement », dit Monsieur O.

Monsieur K secoua la tête de dénégation : « Ah, bon sang... Imaginez que j'aie pu parler à tout le monde dix minutes avant la cérémonie et que j'aie pu tous les convaincre de penser comme moi... Le coup aurait marché. Tout se serait inversé ; le président aurait été seul contre tous, il n'aurait rien pu faire... »

Monsieur O paraissait consterné : « Je me demande si votre cas ne relève pas de la psychiatrie.

– Comme vous voudrez, répliqua Monsieur K en se rasseyant brusquement. J'aurai vraiment tout essayé pour vous aider. »

Ses yeux étaient maintenant semblables à deux taches de boue détrempée – et tous les traits de son visage s'étaient affaissés comme sur ces tableaux dont la peinture n'a pas séché assez vite. « Mais, reprit-il, vous ne pouvez pas changer le fait que l'autorité du président repose, en fin de compte, sur une soumission volontaire de tous ceux qui dépendent de lui. Un rien peut changer cela. »

Monsieur O quitta son fauteuil de cuir sans prévenir et, en deux enjambées, fut devant le rocking-chair de Monsieur K. Il se pencha vers lui et le fixa les yeux dans les yeux : « N'allez pas répandre l'idée que l'autorité et l'obéissance tiennent à si peu de chose... gronda-t-il. Vous possédez déjà le dossier Alpha, c'est bien suffisant pour tout foutre en l'air si cela vous chante... » Et il se redressa, les deux poings sur les hanches, menaçant.

Monsieur K s'entêta : « Alors, convenez avec moi que même le pire des tyrans peut être déboulonné en cinq minutes s'il en vient la fantaisie à la poignée d'hommes qui l'entourent.

– On appelle ça un coup d'État, vous savez », s'agaça Monsieur O.

Le visage de Monsieur K s'illumina : « Nous y sommes, lança-t-il avec une gaieté glaciale. Ne serait-ce pas la seule chose intéressante en ce bas monde, Monsieur O ?... Le coup d'État continuel contre le mensonge ?... »

XIV

Monsieur O était retourné s'asseoir dans son fauteuil d'un air misérable. Monsieur K faisait mine de consulter à nouveau ses livres de comptes, la tête appuyée dans le creux de ses deux mains – et on ne pouvait plus rien lire sur son visage. Le silence était parfait. Même les rumeurs de la jungle avaient disparu.

Bientôt, Monsieur O fixa la vieille horloge du bar de la Dernière Chance avec une nouvelle lueur d'angoisse dans le regard.

« À ce stade de nos pourparlers, dit-il, je me demande si je ne devrais pas prendre de nouvelles instructions auprès de la Centrale. »

Monsieur K se moqua : « Quoi ? La petite vérité que vous venez d'entendre vous met à ce point en émoi ? Vous n'êtes pas d'accord avec ce que je viens de dire ?

– Vous délirez, Monsieur K. Vous délirez à un point jamais atteint par quiconque, j'en suis sûr.

– Je prends cela pour un compliment…

– Comme il vous plaira. Mais l'élimination physique de votre personne est peut-être impérative. Vous êtes un énergumène particulièrement dangereux. Vous avez complètement disjoncté. Et, sait-on jamais, votre obsession de la vérité pourrait se révéler contagieuse... »

Il y eut un nouveau silence. Puis Monsieur K dit : « En fait, le plus désespérant dans toute cette histoire, c'est que, malgré les heures éreintantes que je viens de passer à vous parler avec patience, vous ne m'avez toujours pas compris.

– Je pourrais en dire autant à votre sujet, rétorqua Monsieur O. Contrairement à ce que vous prétendez, votre pendule personnel ne s'arrête jamais au milieu de sa course pour rester bien stable ; il est toujours d'un côté ou de l'autre.

– J'ai quelque excuse, affirma Monsieur K. C'est à cause de Cannibale et de Saint-François. »

Monsieur O le contempla, interloqué : « Qu'est-ce que vous racontez encore ? »

Monsieur K eut un petit rire sombre : « Vous n'avez pas donné de noms précis aux deux extrémités du mouvement de votre pendule personnel, Monsieur O ? Étrange... Moi, je les appelle comme ça. À une extrémité, Saint-François pense toujours dans les hauteurs, à l'autre extrémité Cannibale rumine sans cesse dans les bas-fonds ; que voulez-vous, ils se battent en permanence, poussant mon pendule en sens contraire.

Moi, j'oscille entre les deux. C'est pareil pour tout le monde, vous savez. »

Monsieur O reprit son gros carnet : « Je vais aussi noter cette bouffonnerie. Celle-là, je ne la manquerais pour rien au monde...

– Vous faites bien, répondit Monsieur K : nous menons tous une guerre civile entre Cannibale et Saint-François – et elle ne s'arrête jamais. En fin de compte, nous sommes la guerre civile elle-même.

– Je note.

– Et moi je le répète, Monsieur O : toute notre vie nous menons cette guerre civile. Oui, écrivez ça plusieurs fois ; et retenez-le si possible... »

Monsieur O releva la tête : « Voilà qui est fait ; c'est inscrit à jamais... Pour le meilleur comme pour le pire. Maintenant, je vais vous dire pourquoi c'est vous qui ne pouvez pas me comprendre : vous me parlez sans cesse de vérité quand moi je vous parle de mensonge – et inversement. On ne peut pas s'entendre.

– Ah ? fit Monsieur K comme à regret, on ne peut pas s'entendre ? »

Monsieur O secoua la tête de résignation : « Non, on ne peut pas. C'est la vérité qui vous intéresse ? Mais que voulez-vous que je fasse de cette chose insaisissable, moi ? Le mensonge, au moins, est toujours maîtrisable. Il est précis, circonstancié, fabriqué, décorticable, mesurable ; chacun peut en faire ce qu'il veut... »

Il se tut, s'épongea à nouveau le front avec son mouchoir et demanda : « Finalement, vous n'auriez pas un peu de scotch ? »

Monsieur K se leva pour passer derrière le bar et proposa : « Black Bourbon, ça vous ira, Monsieur O ? » Ce dernier acquiesça de la tête et Monsieur K remplit deux verres. « À votre santé », dit-il en tendant l'un des verres à Monsieur O.

Ils burent sans se quitter des yeux.

« Tout cela ne nous mène à rien, finit par décréter Monsieur O. Revenons à la réalité. Car j'ai encore une ultime proposition à vous faire avant d'en arriver aux dernières extrémités. Mais dépêchons-nous ; le temps passe terriblement vite maintenant...

– Que voulez-vous, ce fichu temps accélère toujours quand les choses approchent de leur terme.

– Je ne vous le fais pas dire. Alors, écoutez cette proposition, et acceptez-la, je vous prie. C'est vraiment la toute dernière à laquelle la Centrale peut consentir. »

Monsieur K se rassit dans son rocking-chair et leva la tête pour regarder l'heure à l'horloge du bar : « Il est 5 h 30, dit-il. Plus que quatre heures...

– Cela suffira, affirma Monsieur O. L'affaire est simple : non seulement nous vous offrons tout ce que je vous ai déjà proposé, la vie, l'amour, le pouvoir, mais en supplément, nous ajoutons... la fortune. Je veux dire : la vraie fortune.

– Des montagnes de dollars, c'est cela ?
– Comme vous dites ! Votre prix sera le nôtre ; s'il le faut, la planche à billets fonctionnera spécialement pour vous. »

Monsieur K termina son verre, le posa sur la table devant lui, et renversa la tête en arrière ; il parut réfléchir douloureusement, les yeux mi-clos, les mains parfaitement immobiles sur ses genoux. Enfin, il se redressa très lentement et dit :

« Vous commencez à m'ébranler, Monsieur O. Car voilà en fin de compte une offre vraiment sérieuse, c'est-à-dire une offre commerciale : j'ai un produit rarissime, vous le payez son vrai prix, tout le monde est content... Vous auriez pu commencer par là... »

Monsieur O demanda, méfiant : « Vous acceptez ? »

Monsieur K dodelina de la tête, impassible.

« Pour être franc, je n'en reviens pas... dit Monsieur O. Je ne vous voyais pas aussi vénal après ces quelques heures passées avec vous.

– Vous êtes déçu ? »

Monsieur K paraissait extraordinairement étonné.

« Il y a de ça, reconnut Monsieur O. Si vous aviez résisté encore un peu, je dois avouer que je vous aurais conservé une forme d'estime : ça avait de l'allure de renoncer à tout pour le secret du dossier Alpha. Mais enfin, c'est comme ça... Chaque homme a son prix, la raison populaire dit vrai. Quoi qu'il en soit, je suis soulagé au-delà de ce que vous pouvez imaginer. Ma mission s'achève. Alors, combien d'argent voulez-vous au juste ? »

Monsieur K ouvrit l'un de ses livres de comptes, le feuilleta rapidement, s'arrêta sur une page blanche et écrivit quelques lignes qu'il contempla ensuite un long moment. Puis il annonça :

« Disons qu'il me faudrait l'équivalent du PIB de notre pays. Question de symbole.

– C'est un très gros symbole, protesta Monsieur O. Vous vous rendez compte du chiffre que ça fait... Je n'en ai même pas une idée précise. » Il fit mine d'hésiter, triturant les boutons de sa veste, puis annonça : « Mais enfin, ne lésinons pas, c'est d'accord... Bah, c'est la planche à billets qui va tourner et voilà tout... Vous n'avez plus qu'à me communiquer un numéro de compte bancaire et l'affaire est faite. Dès que j'ai le dossier, la Centrale procède au virement de cette somme. Le virement le plus faramineux de toute l'histoire. Je n'ai jamais rien vu de tel. » Et il se dit en lui-même avec amertume : Maintenant, je sais comment la tragédie devient comédie. Ce n'est pas mon jour de chance...

Monsieur K arborait un sourire satisfait : « Je vais pouvoir m'acheter tout ce qu'un homme peut souhaiter, dit-il rêveusement. Avoir une vie de rêve où rien ne manque. Cela me rend tout drôle. J'ai toujours vécu dans un dénuement volontaire, voyez-vous. Acquérir des biens matériels me semblait grotesque. Mais peut-être parce que j'avais peu de moyens. Devant la perspective de la richesse absolue, que voulez-vous, je me sens basculer. Voyez comment est l'homme...

– Ne culpabilisez pas, Monsieur K.

– C'est vous qui faites de l'humour maintenant ? Ce retournement de votre part me plaît. » Et Monsieur K songea en même temps : Voilà comment on revient dans la comédie quoi qu'on fasse ; c'est d'un tragique... Ah, bon sang, personne n'y peut rien...

Il se mit à compter sur ses doigts : « Je n'en reviens pas. Un tel montant ! Le PIB de notre pays... La Centrale irait réellement jusque-là ? »

Monsieur O s'impatienta : « Puisque je vous le dis.

– Dans ce cas, je refuse tout net... »

Monsieur O ne put s'empêcher de crier : « Vous recommencez ? À quoi jouez-vous, nom d'un chien ? » Il fixait Monsieur K d'un air mauvais, la main dans la poche où se trouvait son pistolet. On entendait à nouveau le floc-floc des ventilateurs et la stridulation lancinante des insectes dans la nuit.

« Je n'y peux rien, dit Monsieur K. Cannibale a fait ce qu'il a pu pour vous mais Saint-François a gagné : il ne veut rien savoir. Mon pendule balance du mauvais côté en ce qui vous concerne... Allez, Monsieur O, buvons encore un scotch et ça ira mieux. »

Il se leva et retourna derrière le bar en disant : « Je

voulais surtout savoir jusqu'où la Centrale était capable d'aller pour reprendre le dossier Alpha. C'est bien mon droit d'essayer de connaître le vrai prix de ce dossier. Mais le vendre ! Vous n'y pensez quand même pas ! »

Il tendit un verre à Monsieur O qui le vida d'un trait et grommela quelque chose d'inintelligible. Monsieur K s'installa à nouveau dans son rocking-chair, reprit son éventail d'ivoire, et but son scotch à petites gorgées mélancoliques. Il y eut un long silence et ils entendirent encore un arbre qui s'effondrait au loin dans la nuit. Monsieur K pensa : C'est le troisième. Et il se tourna vers Monsieur O pour affirmer : « Je suis comme un musée, mon vieux. Est-ce que le Louvre vendrait *La Joconde* ? »

Monsieur O leva les yeux au ciel : « Quelle drôle de comparaison ! » Il sortit son pistolet de sa poche et le posa une nouvelle fois sur la table basse devant lui. « C'est la fin, dit-il d'un ton las. Je n'ai strictement plus rien à vous offrir, j'ai joué toutes mes cartes. Mais je dois avouer que vous remontez dans mon estime. Vous êtes véritablement incorruptible. Vous pourriez bien être le diable, après tout.

— Ne rêvez pas, fit Monsieur K avec un sourire contraint. Mais allez donc savoir après tout... »

XV

Monsieur O s'était ressaisi et observait Monsieur K d'un air indécis, hésitant sur la conduite à suivre ; il n'avait plus beaucoup de temps devant lui mais répugnait encore à appeler ses hommes. Il ouvrit son gros carnet et relut ses notes une à une, très lentement, réfléchissant à une ultime solution. Quand il eut terminé, il lança à Monsieur K, d'un ton vaguement provocant :

« Est-ce que vous ne seriez pas de la race des idéalistes, par hasard ?... »

Monsieur K chancela sous l'assaut : « Pas d'insultes, je vous prie... Je fais mon boulot d'inhumain, c'est tout.

— Vos paradoxes sont véritablement remarquables.

— Ne me flattez pas non plus. Et fichez-moi la paix avec vos jugements.

— Que voulez-vous, dit Monsieur O, moi j'aime bien les gens qui se battent pour des idées ; et vous savez pourquoi ? Parce que, d'une certaine manière, nous autres agents secrets sommes de cette espèce ; ça vous épate que je pense ça ? Mais prenez ma personne, par exemple : croyez-vous sérieusement que je vous poursuis depuis vingt ans pour la misérable solde que m'accorde la Centrale ? Je fais mon devoir et c'est ça ma grande affaire à moi. Je me demande d'ailleurs si notre profession n'est pas la dernière à faire une chose pareille...

— Quand vous vous y mettez, ironisa Monsieur K, vous pouvez réellement être sympathique... Mais votre conformisme est quand même confondant. Vous n'avez rien compris à rien ! Écoutez plutôt un bon conseil d'homme lucide et cynique... »

Il se pencha vers Monsieur O et déclara tranquillement : « Préférez les hommes qui se battent pour de l'argent, vous n'aurez jamais de mauvaises surprises. L'âpreté au gain et la cupidité sont d'une stabilité pour ainsi dire stupéfiante. Les idées, en revanche... comme instabilité... » Il s'éventa un moment, réfléchissant à ce qu'il venait de dire, puis demanda : « L'instabilité, est-ce que vous y avez pensé pour ce qui concerne l'argent et les idées ? »

Monsieur O se vexa : « Ne revenez pas dans la comédie, s'il vous plaît ; tout cela va mal finir...

— Je n'y peux rien, mon vieux. C'est mon job qui veut ça ; impossible de remettre les choses à l'endroit sans passer sans cesse de la tragédie à la comédie. Si vous saisissiez mieux pour quelles raisons, nous serions deux à défendre le dossier Alpha...

– Vous dérapez complètement », dit Monsieur O. Et il songea en même temps : C'est sûr, nous y voilà...

Monsieur K haussa les épaules : « Ce serait pourtant une sacrée idée ! Imaginez que, en fin de compte, ce soit moi qui vous convainque d'arrêter de me poursuivre ? Mieux : de venir de mon côté. Qui s'attendrait à une telle fin de partie ? Quel foutoir ce serait à la Centrale !

– Vous pouvez toujours rêver », répliqua froidement Monsieur O.

Disant cela, il rouvrit son carnet et écrivit en marmonnant : « Quelle ineptie : tenter de tels retournements ne vous a apporté que des ennemis, il me semble...

– Prenez cela pour un gage de vertu. Vous l'avez dit tout à l'heure, je n'ai pas d'amis ; la vérité non plus. Alors je... »

Monsieur O le coupa sèchement : « N'allez pas plus loin ! Je sais ce que vous allez dire : ces amis-là, vous les cherchez désespérément depuis vingt ans, pas vrai ?

– Cela n'a pas arrangé mon caractère », déclara Monsieur K.

XVI

Sans que rien ne l'ait laissé prévoir, Monsieur K bondit soudain de son rocking-chair et se précipita vers la véranda du bar de la Dernière Chance.

« Que faites-vous ? rugit Monsieur O en se redressant dans son fauteuil. Bon sang, revenez !...

— Ne bougez pas ! cria Monsieur K en se retournant. Restez où vous êtes !

— Mais où allez-vous comme ça, nom d'un chien ?

— Je fiche le camp ! N'essayez pas de m'en empêcher, j'ai encore ma chance... »

Dans sa course, Monsieur K renversa une table et Monsieur O reprit son pistolet en ronchonnant : « Quelle comédie ! Ah, on n'en sort pas... La vie n'offre aucune surprise en fin de compte. » Puis, sans bouger, il ordonna : « Cessez de courir, espèce d'illuminé ! Arrêtez ou je tire.

— Essayez donc, si vous l'osez...

— Je vous préviens, Monsieur K, je vais ouvrir le feu !... Pourquoi soulevez-vous ce tapis, maintenant ?

Ah, la trappe ! Inutile de l'ouvrir, vous êtes cuit, vous ne pouvez pas vous échapper par là. C'est un trou de souris... » Il se mit à rire et rangea son pistolet dans sa poche, essayant de distinguer Monsieur K dans la pénombre. À vingt mètres de là, celui-ci soulevait fébrilement une lourde trappe de bois dissimulée dans le plancher de la véranda. À cet instant, il y eut encore un coup de tonnerre inattendu et la scène fut illuminée par un violent éclair : Monsieur O vit Monsieur K qui tenait à deux mains l'anneau de fer de la trappe, tourné vers lui : et il riait lui aussi, la tête renversée en arrière. « Vous n'oserez pas tirer, hurla-t-il. Adieu, je saute dans mon tunnel ; à un de ces jours, Monsieur O !... » Il disparut et on entendit le craquement sourd de pas pressés qui s'enfuyaient sous le plancher. Monsieur O s'approcha tranquillement de la trappe restée ouverte. Il se pencha et cria :

« Remontez, Monsieur K. Tout ça ne sert à rien... »

Il y eut un long silence. Et encore un coup de tonnerre qui escamota tous les autres bruits. La pluie revint – et cette fois, Monsieur O ne perçut plus rien. Ah diable ! dit-il pour lui-même ; et en plus je ne vois pas grand-chose dans ce trou. Il s'accroupit au bord de la trappe, se pencha en avant, sa lourde tête presque au ras du plancher. Il crut percevoir un appel ; il hurla : « Vous dites quelque chose, Monsieur K ? Je vous entends de plus en plus mal, vous commencez à être loin et votre voix résonne bougrement ; vous prétendez que j'ai perdu la partie ? Nous verrons bien ; il fait sombre dans votre tunnel ? Je vous souhaite bonne chance quand même... Dans moins d'une minute vous serez de retour, vous verrez... Je vous promets une bonne surprise. Vous ne répondez pas ? Bon, j'attends ; ma patience est sans limites, aiguisée par vingt années à vous pourchasser... »

Il se redressa, secouant la tête d'affliction, et revint vers le bar d'acajou. L'étui à cigarettes de Monsieur K était resté à sa place, à côté des livres de comptes et de l'éventail d'ivoire. Il prit une cigarette, l'alluma. Puis, après une hésitation, il s'installa dans le rocking-chair dont il essaya le balancement. Il pensa : Ce n'est pas si bête, au fond, cette idée de pendule. Et il écouta le crépitement brûlant de la pluie sur le toit.

Un instant plus tard, il vit réapparaître la tête de Monsieur K au bord de la trappe. Son visage semblait cadenassé à double tour. Il resta un moment sans bouger, le menton au ras du plancher, fixant Monsieur O. Celui-ci se leva et s'approcha, sa cigarette à la bouche : « Allez, sans rancune, dit-il, je vais vous aider à remonter ; prenez ma main, cette trappe est minuscule, vous allez vous écorcher les épaules... »

Monsieur K fut bientôt debout face à Monsieur O qui faisait mine d'épousseter les manches de sa veste. Il jeta son mégot dans la trappe.

« C'est vous qui avez fait murer l'entrée de mon tunnel ? fulmina Monsieur K.

— Qui d'autre aurait pu vous faire ça ? J'admets que la sonnette sous votre table avait échappé à nos investigations. Mais le tunnel, voyons... Nous en avons découvert la sortie dès les premières fouilles dans les alentours du bar... Quelques coups de truelle la nuit quand vous étiez dans votre villa et l'affaire était réglée... Je vous l'ai dit en entrant ici à minuit : vous avez baissé, Monsieur K.

— Finalement, je dois vous maudire. Vous ne m'en laissez pas le choix.

— Chacun son job, vous l'avez assuré vous-même. Et chacun à sa place. Allons nous rasseoir maintenant, nous serons mieux pour continuer notre petite partie et oublier cette scène risible. Mais je tiens à vous rassurer sur un point : ce tunnel pour vous échapper était une très bonne idée en elle-même. »

Monsieur K se laissa tomber dans son rocking-chair : « Mais les bonnes idées ne marchent pas toujours, maugréa-t-il. Je sais...

— Oh, ne soyez pas amer, répondit Monsieur O en reprenant sa place ; vous êtes dans l'ordre des choses. La règle du monde n'est-elle pas que les idées vraiment bonnes ne marchent jamais et les mauvaises toujours ?

— Encore une conséquence du mensonge généralisé, me direz-vous...

– Ah, laissez cela à la fin... Aucun intérêt. Mais en ce qui concerne votre tunnel, il aurait suffi d'un rien pour que ça réussisse...

– Le problème est dans ce "rien", fit Monsieur K d'une mine maussade. Ah ! le diable est vraiment dans les détails... » Il se tut pour écouter la pluie, jouant avec son éventail replié, le tournant dans tous les sens, les sourcils relevés. Il les avait épais et, sous la barrière des rides du front, ils faisaient comme des saillies noires où perlaient des gouttes de sueur. Enfin, il redressa la tête et dit : « Il suffit de si peu... Toujours la même histoire... C'est comme pour tous les "mondes possibles" que nous pourrions faire exister d'un geste ou d'une décision – et auxquels nous renonçons, n'est-ce pas ? Sans parler de tous ceux auxquels nous échappons sans le savoir... Ah, Monsieur O, avez-vous songé à toutes ces possibilités de la vie dont nous ne faisons rien ? »

Monsieur O se pencha en avant, posa son menton entre ses deux mains, et dit placidement : « Monsieur K, vous croyez que je ne vous vois pas venir ? C'est sûr que je ferais naître un "monde possible" sacrément différent du monde réel dans lequel nous sommes si je disais comme vous le souhaitez : "Je trahis à mon tour la Centrale et vous rejoins pour défendre le dossier Alpha"...

– Et vous en déduisez quoi ?

– Que la vérité est peut-être dans les choses qui

ne viennent jamais au jour et qu'il aurait fallu faire advenir... »

Monsieur K laissa échapper un ricanement : « Dites donc, vous faites des progrès... La vérité dans les "mondes possibles" ? Vous devenez énigmatique. Bientôt, il faudra vous traduire... Mais notez dans votre carnet ce que vous venez de dire, je vous prie : ce n'est pas si mal comme définition de la vérité. »

Monsieur O fit mine de baisser les yeux : « Je ne pouvais faire moins après toutes ces heures passées en votre compagnie, Monsieur K. Toutefois, je ne vais rien noter du tout ; ce n'est pas l'objet de ma mission et je ne veux pas m'égarer : je vois à votre horloge qu'il est déjà 6 heures. Il ne faudrait pas laisser le temps nous rattraper.

– C'est juste...

– Alors, soyons simples comme au tout début de cette nuit : remettez-moi le dossier Alpha et je vous laisse la vie sauve. Rien de plus, rien de moins. Cette fois, il n'y a rien d'autre à négocier. »

Monsieur K se redressa : « Merci de fermer enfin la porte de la comédie, Monsieur O. Nous y sommes...

– Où donc ?...

– À l'instant de vérité, par le diable ! Ralliez mon bord, quel coup de maître ce serait ! »

Monsieur O gronda : « Cessez de proférer des bêtises ! Je pourrais bien en avoir assez au bout du compte et appeler tout de suite mes hommes. Je vous jure que ce ne serait pas un "monde possible" très agréable pour vous. »

Monsieur K se laissa retomber dans son rocking-chair. Un pli de contrariété barrait son front : « Après tout, faites comme vous l'entendez. Je suis un désespéré, vous le savez : et il n'y a que les désespérés qui ne craignent plus rien. »

Il tourna la tête vers la véranda et contempla en silence la table qu'il avait renversée dans sa fuite inutile : elle tendait désespérément ses bras vers le ciel.

XVII

Monsieur O arpentait à nouveau le bar de la Dernière Chance, les mains croisées sur la poitrine : « Si j'ai bien compris, dit-il, je vais devoir en arriver aux dernières extrémités ? »

Il se planta devant Monsieur K et le considéra avec tristesse.

« Oh, vous savez, répondit celui-ci, rien ne presse pour la torture, il n'est que 6 heures du matin après tout...

— Justement, je n'ai plus le choix, s'emporta Monsieur O en reprenant son manège de long en large. La dialectique a échoué et vos dérapages intellectuels ne font que s'aggraver. Il n'y a plus que la violence pour arriver à quelque chose. Vous ne me laissez aucune autre alternative et je n'aime pas ça.

— Voilà que vous ressortez votre pistolet ! s'indigna Monsieur K ; tout ça parce que j'ai refusé vos propositions... Mais, que voulez-vous, ça me plaît bien de résister seul contre tous dans mon coin. »

La pluie cessa à ce moment-là et une fraîcheur inattendue pénétra dans le bar de la Dernière Chance. Il sembla aux deux hommes que le chant des insectes baissait en même temps dans l'obscurité et que le bruit des lourds ventilateurs s'estompait. L'odeur de l'humus fécondé par la pluie était entêtante. « L'aube approche, dit d'une voix rêveuse Monsieur K. C'est bientôt le terme.

— Oui, il fera jour avant peu, acquiesça Monsieur O du même ton radouci. Et je vous plains. » Il allait ajouter qu'il se plaignait aussi lui-même, mais il se retint, pris d'un vague sentiment de pudeur. À quoi bon... Il hésita et dit finalement : « Je me demande si c'est vous qui protégez le dossier Alpha ou l'inverse.

— Bonne question, Monsieur O.

— Mais après tout, quelle importance ! Il est trop tard désormais. Trop tard pour tout sans doute... La vraie question avec vous est : comment quelqu'un dans votre genre peut-il exister ?

— C'est que j'ai mal tourné dans ma jeunesse, déclara Monsieur K. Mon éducation a été tout à fait inadaptée... »

Monsieur O prit un air accablé : « Je ne sais pas ce que vous allez encore me sortir, mais vous êtes très énervant quand vous vous y mettez... De toute façon, vos raisonnements sont à la limite de l'aliénation. Figurez-vous que j'ai l'intention de laisser mon carnet aux archives de la Centrale. Vous imaginez un peu ce qu'on pensera de vous dans le futur ?

– J'imagine très bien, Monsieur O. Mais au moins on y lira des choses introuvables ailleurs.

– Vous voilà plus présomptueux que jamais, grogna Monsieur O. Votre prétention est sans limites... Il me faut encore un scotch.

– Faites comme chez vous, dit Monsieur K. Mais vous savez, nous n'aurons pas beaucoup de lecteurs...

– Pour sûr, répondit Monsieur O. Nous parlons pour un nombre restreint de personnes de qualité, j'en suis convaincu. » Il se servit un grand verre et resta debout accoudé au bar d'acajou : « Mais poursuivez à propos de votre éducation, Monsieur K, nous avons encore du temps.

– C'est ce que je me disais aussi ; alors, sachez que j'ai été élevé tout de travers. Mon père m'a caché la vérité jusqu'à un âge très avancé.

– Ah !

– Oui, il a fait ça. Je dois dire qu'il était une marionnette accomplie, tout à fait adéquate pour la sarabande du monde. Un bon produit de l'air du temps : il pensait comme son journal. Quand il parlait, on avait l'impression d'avoir laissé la radio ouverte.

– Jusque-là, c'est rassurant, commenta Monsieur O.

– C'est vrai que pour vous... Quoi qu'il en soit, mon père me donnait des livres de jeunesse à lire ; vous savez, ces diableries qu'on trouve dans les librairies et même sur Internet ; c'est tout pétri de bons sentiments, farci d'histoires édifiantes... Vous vous souvenez ? Des trucs invraisemblables.

– Oui, je me rappelle, dit pensivement Monsieur O. Vous voulez aussi un scotch pour vous remonter le moral ? »

Monsieur K fit non de la tête et poursuivit : « Pour les livres, c'est vraiment dégueulasse de faire ça aux enfants, vous ne trouvez pas ? Il n'y a rien du monde réel dans ces bouquins. On s'en gave et ensuite on entre dans la vie en croyant que la vérité existe par nature.

– Ce n'est effectivement pas très honnête quand on y songe.

– Je ne vous le fais pas dire, Monsieur O... Tromper les enfants à ce point, ça dépasse l'entendement. » Il soupira : « Après tout, je vais prendre un scotch moi aussi. Puisque vous êtes resté près du bar, servez-moi donc, s'il vous plaît. »

Monsieur O prit la bouteille, un autre verre, et revint s'asseoir en face de Monsieur K. Il posa la bouteille devant lui : « Autant la garder ici et avoir un peu de réserve, dit-il ; la fin approche. » Monsieur K approuva : « Vous êtes tout à fait comme il faut maintenant : tragi-comique... C'est parfait, mon vieux, vous voilà raisonnable, restez dans cet entre-deux. »

Monsieur O ne répondit pas et Monsieur K se servit

une grande rasade d'alcool. Puis il demanda : « Vous ne trouvez pas que pour la jeunesse on ne devrait publier que des livres dont les héros seraient des banquiers, des assureurs, des financiers, des politiciens, des publicistes, des traders – ce genre de personnes ?

– Oh, c'est certain. Avec de bonnes histoires de magouilles et de tripotages, comme dans nos livres à nous.

– Oui, approuva Monsieur K. Ces sortes de choses, remplies de coups bas et de traîtrises. La vraie vie, quoi, pleine d'hommes qui se font les poches les uns les autres... »

Monsieur O ne put s'empêcher de rire : « La grande pantomime des gueux apprise dès le berceau, c'est une idée, ça... Vous allez vous faire des tas d'amis... » Et il avala son verre d'un trait.

Monsieur K s'esclaffa lui aussi de bon cœur : « Ça en produirait de la pagaille, pas vrai !

– Comme vous dites : de la pagaille. Mais vous pourriez encore en rajouter : balancez donc le dossier Alpha à la face du monde ! »

Monsieur K reprit la bouteille de scotch avec une jubilation amère : « Quel retournement ce serait si je parvenais à me décider. Mais après ce grand cataclysme, on entrerait dans le néant définitif, Monsieur O.

– Certainement, Monsieur K.

– J'hésite encore à tout révéler...

– Oh, vous faites bien. Mais je vais quand même supprimer le risque que vous représentez. Cette nuit, pour la première fois de mon existence, j'ai le sentiment d'avoir été mis au monde pour servir à quelque chose de très précis : empêcher le risque de néant que vous représentez, Monsieur K. »

XVIII

Monsieur O souriait maintenant en considérant Monsieur K ; il se tenait bien droit dans son fauteuil de cuir, le regard tourné vers l'une des fenêtres de la véranda : « Le jour ne va pas tarder à se lever, dit-il pensivement.

— En effet, répondit Monsieur K à voix basse ; nous n'en avons plus pour longtemps. La partie va s'achever et vous allez la perdre, Monsieur O. Votre mission était condamnée d'avance... Parce que, voyez-vous, pendant ces vingt années de fuite avec vous à mes basques, pour aboutir à cette nuit improbable dans ce bar de la Dernière Chance, j'ai eu le temps de méditer sur le fond du problème.

— Ah ! Le fond du problème ? s'étonna Monsieur O. Je ne veux pas vous écouter davantage. Je vais appeler mes hommes et on va vous embarquer... Vous m'avez éreinté... »

Monsieur K le calma d'un geste où il y avait autant d'autorité que de supplique : « Allons, encore un peu de patience, mon vieux, la partie n'est pas vraiment achevée ; n'abandonnez pas maintenant. Vous pouvez encore récupérer le dossier Alpha sans la moindre casse, par la seule dialectique. N'est-ce pas ce que vous avez voulu dès le début ?...

— Je n'y crois plus...

— Encore un peu de patience, répéta Monsieur K. Il suffit de changer l'angle de votre discours. Vous avez tout de suite fait fausse route avec vos propositions concrètes : l'argent, l'amour, le pouvoir, l'honnêteté, que voulez-vous que j'en fasse ? C'était une suite d'épreuves ? Mais ça ne pèse rien face au dossier Alpha ! Pour me vaincre, Monsieur O, pour que j'accepte de vous remettre le dossier, il aurait fallu me tenir un raisonnement d'une puissance intellectuelle telle que je ne puisse que m'incliner. »

Monsieur O lui jeta un regard désemparé : « Un raisonnement ?

— Tout juste !

— Ah çà, vous me rendriez le dossier Alpha contre un simple raisonnement ? » Monsieur O semblait effaré.

« Oui, dit Monsieur K. Mais un raisonnement qui corresponde à la nature du dossier Alpha, bien entendu. Vous voulez essayer ?

— Soyez plus précis...

— Certainement, Monsieur O. Si vous trouvez le raisonnement des raisonnements, celui qui, sur la vérité et le mensonge, rende tous les autres obsolètes, je m'avouerai vaincu et vous récupérerez votre dossier. Je vous l'échange contre ça... »

Monsieur K regarda l'horloge au-dessus du bar d'acajou et conclut : « Vous avez encore du temps devant vous, il n'est que 6 h 30...

— Naturellement, vous avez une petite idée sur ce raisonnement.

— Juste quelques pistes, Monsieur O. Voulez-vous que je vous aide un peu, que je vous donne l'une de ces pistes ?

— Au point où nous en sommes, dites toujours. Après tout, il se pourrait bien que je vous batte sur votre propre terrain. J'ai été entraîné comme vous à relever les défis les plus rocambolesques, pas vrai ?...

— Alors, allez-y, tentez le coup ! Voici comment je peux énoncer ce début de piste : "Quittez le chemin de l'homme pour y revenir après avoir retourné sur elles-mêmes les valeurs du mensonge..."

— C'est indéchiffrable pour moi, répliqua Monsieur O, décontenancé. En tout cas, ce n'est pas avec ce truc-là que vous allez remettre l'univers à l'endroit.

— L'univers ? Ne vous moquez pas, Monsieur O. Remettre le monde des hommes à l'endroit suffirait... Avec le dossier Alpha, ce n'est pas un objectif inatteignable. Il faut juste que je trouve le bon moyen de l'utiliser.

– Vous débloquez complètement.

– Il est indubitable que nous sommes en train de débloquer, répondit Monsieur K. Mais le jour se lève et c'est le moment ou jamais. Vous allez me suivre bien sagement.

– Vous suivre ? s'amusa Monsieur O. Mais où donc ? J'ai tous les atouts en main et mes hommes encerclent le bar. Est-ce que, par hasard, vous me croyez aussi naïf que ça ? »

Monsieur K parut réfléchir quelques secondes ; puis, il dit tout doucement : « Dans la mesure où vous n'avez jamais trahi votre état de nature – votre état d'origine, si vous préférez –, oui, je dois reconnaître que vous êtes une sorte de grand naïf. C'est très touchant...

– Je commence à penser que j'aurai moins de scrupules à vous torturer tout à l'heure pour vous arracher le dossier Alpha. »

Monsieur K s'esclaffa avec une joie malheureuse : « Voyez comment sont les relations humaines ! À minuit, je n'étais rien pour vous qu'un gibier de chasse de haute valeur. Trois heures plus tard, du seul fait de notre rencontre et de notre conversation, vous commenciez à avoir de la sympathie pour moi ; et maintenant, parce que je maintiens une opposition farouche à vos projets et vous dis en toute simplicité ce que je pense de vous, une sorte d'hostilité à mon égard monte dans votre cœur : cette inconstance des sentiments humains est stupéfiante... Exactement l'inverse du mensonge.

– Décidément, ça vous obsède.

– Que voulez-vous, Monsieur O, le langage ne sert à rien pour dire la vérité, c'est comme ça. »

Il se tut et contempla la table qu'il avait renversée dans sa fuite vers la véranda. Avec ses quatre bras tendus vers le ciel, elle lui semblait maintenant comme le signe de quelque chose de mystérieux qui cherchait à s'exprimer dans le silence.

Il reprit : « Vous savez ce que je pense, Monsieur O ? Non, bien sûr... Eh bien, je pense que, au lieu de me poursuivre bêtement pendant toutes ces années, vous auriez mieux fait de vous atteler à l'invention d'une langue nouvelle, parfaitement rigoureuse – mathématique, si vous voyez ce que je veux dire ; un machin qui dans tous les cas mènerait au vrai comme le font les équations mathématiques ; vous n'auriez pas perdu votre temps et vous auriez déjà gagné notre duel.

– Je ne perds jamais mon temps, Monsieur K... Le sablier coule en ma faveur.

– Monsieur O, vous êtes admirable à votre manière... Vraiment... Mais pour le raisonnement que je vous ai demandé, vous n'avez pas avancé d'un pouce. Il faut encore que je vous aide. Voici une autre piste : ne croyez-vous pas que les hommes ne devraient plus ouvrir la bouche et se contenter de penser ? C'est beaucoup moins facile de mentir quand on pense. »

Monsieur O resta coi un moment, incrédule, avant de dire : « C'est la meilleure blague que j'aie entendue de toute cette nuit... Nous revoilà dans la comédie. Je vais de ce pas reprendre l'avion pour aller raconter cette ineptie au directeur général de la Centrale, et lui proposer de promouvoir la pensée en interdisant le langage.

– Très bonne idée, approuva Monsieur K. Songez un peu au résultat : plus aucune possibilité de propagande, de manipulations, de démagogie, de tromperie, plus rien de ce genre... Pensez-y, nom d'un chien, nous n'avons plus beaucoup de temps et je ne peux que tracer des pistes pour votre cervelle !

– Ils vont adorer à la direction, persifla Monsieur O. Ils n'ont pas beaucoup l'occasion de rigoler dans leurs bureaux. Votre idée va faire un malheur ! »

Monsieur K se remit à rire et ses yeux paraissaient comme deux flaques de mercure glacé : « Tant mieux, dit-il. Parce que si vous arriviez à les convaincre, le dossier Alpha pourrait être révélé à la face du monde sans danger – et nous pourrions enfin opérer les grands renversements qui dissipent les mensonges. Ne tardez plus, reprenez l'avion...

– Bonté divine ! s'exclama Monsieur O, vous pensez sérieusement que je vais faire un truc pareil ?...

Vos idées sont toutes plus farfelues les unes que les autres.

– Du point de vue du monde normal, je vous le concède. Mais si vous mettiez toutes les valeurs à l'envers pour les examiner de très près, vous ne diriez pas la même chose.

– Je ne tiens pas à contempler le néant », répondit Monsieur O d'un air affecté.

Monsieur K eut un mouvement de dépit : « Alors, pas de doute, je dois garder le dossier Alpha. Mais quand nous en aurons terminé, vous verrez : il se pourrait bien que le néant ne soit pas là où vous croyez. »

XIX

« De grâce, cessez d'aller de long en large, Monsieur O. Rasseyez-vous. Votre manège ne mène à rien.
— Après ce que je viens d'entendre, marcher me fait du bien. Je suis harassé...
— Les grillons ont cessé de chanter, observa Monsieur K. Vous entendez ? Le jour se lève. Nous voilà parvenus au terme de notre longue route commune ; encore un peu de patience et dans moins de trois heures ce sera l'échéance ultime...
— Je me demande comment tout cela va se terminer », murmura Monsieur O.
Il fit mine de s'asseoir, puis se ravisa : « Je vais appeler mes hommes sans plus attendre. On va vous emmener dans un coin tranquille et vous faire avouer. Tant pis si vous claquez trop vite. En ce qui concerne nos méthodes, vous allez voir que nous disposons d'une perceuse très moderne ; dans les genoux, c'est dantesque...
— Je n'en doute pas une seconde, dit Monsieur K.

Mais, comme prévu, vous ne ferez pas une chose pareille avant 9 h 30.

— Et pourquoi donc ?

— Parce que je vois dans vos yeux que l'idée de me battre sur le seul plan intellectuel est toujours aussi vivace en vous.

— Vous êtes d'une grande finesse psychologique... se moqua Monsieur O. C'est naturel que vous pensiez cela de moi.

— Naturel !... s'exclama Monsieur K. Ah, n'employez pas un mot aussi insultant, voulez-vous. Je déteste la nature...

— Allons bon, grommela Monsieur O. Où êtes-vous encore allé chercher ça ? Tout le monde aime la nature, Monsieur K. Moi, par exemple, j'adore les couchers de soleil.

— Pour ma part, je vois les moustiques et les maladies. Et tout le reste aussi : tsunamis, tremblements de terre, éruptions volcaniques, et j'en passe. Les spectacles de la nature mentent sur ce qu'elle est en vérité. Nous sommes toujours dans le mensonge... Bon sang, Monsieur O, mettez votre regard à l'envers pour bien voir les choses ; vous êtes aveugle... C'est affligeant...

— Ça vous arrive d'avoir un mot agréable, Monsieur K ?

— Je ne suis pas humain, Monsieur O, c'est ma

qualité principale, vous le savez. Mais cessons de nous égarer... Il vous reste encore un peu de temps pour mettre au point le raisonnement des raisonnements qui pourrait m'abattre. Ne vous découragez pas... »

Monsieur O reprit son gros calepin et dit : « Je vais quand même noter que vous avez prétendu que la nature ment sur ce qu'elle est ; quelle absurdité !

— Ajoutez, s'il vous plaît, qu'il s'agit d'une forme subtile de mensonge. Soyez précis. Le mensonge est fait d'une seule matière mais il possède un nombre infini de formes.

— Si vous y tenez. Pour le reste, je ne vais pas me décourager de sitôt : je suis inaccessible à ce genre de sentiment, Monsieur K. Moi aussi j'ai fait la Taupinière. »

Il referma le carnet, rangea son stylo et ajouta : « Mais pour ce qui est de notre duel, j'abandonne. On ne peut pas traiter avec vous. »

Monsieur K détourna le regard et resta sans rien dire, son éventail d'ivoire posé sur les genoux maintenant que la chaleur avait baissé.

Monsieur O lui lança d'un ton excédé : « Le raisonnement dont vous parlez n'existe pas. Il n'a jamais existé et il n'existera jamais. S'il existait, vous l'auriez déjà trouvé.

— Vous n'êtes pas sans discernement, répondit

Monsieur K en reprenant son balancement d'avant en arrière comme un pendule que rien ne pourrait arrêter.

– Ce n'était pas difficile à deviner, poursuivit Monsieur O. C'est votre métier depuis vingt ans de raisonner. Maintenant, laissez-moi tranquille.

– Je suis quand même déçu...

– Que voulez-vous que j'y fasse ; nous sommes victimes des circonstances et voilà tout. »

Monsieur K tourna la tête vers lui : « Ah ? Victimes, vous croyez ? C'est drôle ce que vous dites parce que je ne me voyais pas en victime ; mais si c'est le cas, vous en êtes la cause, mon vieux ; les circonstances n'ont rien à voir là-dedans.

– Dans cette hypothèse, je suis aussi votre victime, fit remarquer Monsieur O.

– Cela coule de source. Par conséquent, et selon les lois de la modernité, nous sommes à égalité et nous nous devons mutuellement des égards de victimes. »

Monsieur O partit d'un rire sincère : « Si je dois recourir à la torture, vous risquez de vous sentir un peu plus victime que moi...

– Cela ne me choque pas, dit Monsieur K sans se troubler. Il faut rétablir une hiérarchie entre les victimes. Pourquoi l'égalité dans ce domaine échapperait-elle au paradoxe du mensonge ? Mais nous sommes entre personnes civilisées. Je suis persuadé que vous me torturerez avec égard.

– N'en doutez pas, Monsieur K. Je serai très à la mode là aussi ; j'utiliserai ma perceuse en m'excusant en permanence. »

XX

« Au point où nous en sommes, lâcha Monsieur O d'une voix atone, je n'ai plus d'autre choix que d'utiliser la procédure d'urgence. Tant pis pour vous : j'appelle le directeur général sur sa ligne directe... »

Monsieur K cessa de se balancer : « Vous êtes branché en permanence sur la Centrale ?

— Toujours. Mon oreillette ne me quitte jamais... C'est la modernité, mon vieux. Il faut vivre avec son temps.

— C'est ce que disaient les collabos en 40, grogna Monsieur K. Quelle foutaise ! Il faut vivre dans le temps éternel... »

Il y eut un bref silence pendant lequel le visage empourpré de Monsieur O parut se coaguler. Puis il demanda : « Monsieur le directeur général ? Oui, c'est l'agent O. L'impossible a été fait mais l'ex-agent K refuse toutes nos propositions. Il est intraitable par des moyens conventionnels.

— ...

— Non, monsieur le directeur général... Vous ne pouvez pas imaginer : la Centrale a engendré un invraisemblable contrepoison avec cet individu.

— ...

— Bien entendu, monsieur le directeur général. Vos ordres seront suivis à la lettre. Il n'y a pas d'autre moyen... Sans aucun doute... Je vous rends compte dès l'exécution de vos nouvelles instructions. Bonne nuit, monsieur le directeur général. »

Monsieur O se leva, les gestes raides. Monsieur K dit : « Je suis sûr que ça va barder pour moi. Mais faites votre devoir : je suis résigné.

— Ah ! cessez donc vos plaisanteries, ce n'est pas le moment. » Il prit son pistolet d'un air affligé et l'arma. « Levez-vous ; j'ai reçu comme consigne de vous abattre sur-le-champ. Deux balles dans la tête. C'est bien la dernière chose que je voulais faire mais je dois obéir ; sinon tout s'écroule.

— Et le dossier Alpha ?

— Le directeur général pense que vous l'avez soigneusement caché. Suffisamment pour que personne ne le retrouve jamais. Il restera là où il est, voilà tout.

— Vous prenez un risque considérable, Monsieur O.

— C'est ce que pense également le directeur général.

— Le dossier pourrait être moins bien caché que vous ne le croyez...

— C'est ce que redoute le directeur général. Mais il

considère qu'il faut prendre le risque. Vous ne nous donnez pas le choix. De toute façon, il est trop hasardeux de laisser en vie quelqu'un comme vous. »

Monsieur K opina de la tête : « C'est aussi mon avis. »

Il se leva pesamment de son rocking-chair et Monsieur O lui lança : « Vous êtes décidément remarquable. En tout cas, vous allez échapper à la torture.

— C'est une consolation, effectivement », répondit Monsieur K.

Il alla s'accouder au comptoir d'acajou, tournant le dos à Monsieur O. « Vous ne voulez pas trahir un petit peu ? demanda-t-il à voix basse. Me rejoindre dans la défense du dossier Alpha ? Deux antidotes valent mieux qu'un. Et puis, on ferait de grandes choses ensemble...

— Je ne crois pas à tout ça, vous le savez bien. »

Monsieur K se retourna : « J'ai donc échoué... Mais vous verrez, vous finirez par être de mon côté. C'est la seule chose dont je sois certain.

— Pensez ce que vous voulez, fit Monsieur O, soudain taciturne ; ça n'a plus d'importance... Maintenant, allez vous rasseoir. J'ai changé d'avis ; debout, vous pourriez avoir les jambes qui flanchent.

— J'aime ce cynisme.

— Il n'est pas très différent du vôtre, en définitive. Nous avons suivi des routes parallèles, il me semble...

– Toutes les routes des hommes sont parallèles, Monsieur O, vous devriez le savoir. Pas une ne converge vers le même point : on appelle ça la solitude... »

Il alla se rasseoir dans son rocking-chair : « Bon, maintenant je vais essayer de rester impeccable jusqu'au bout. Et ce n'est pas facile de rester impeccable avec un Beretta 92 braqué sur soi.

– Je suis navré », dit Monsieur O dont les traits s'affaissèrent d'un coup tandis qu'il levait son arme.

Monsieur K rentra la tête dans les épaules, garda les yeux grands ouverts, et Monsieur O y découvrit la lueur de défi la plus farouche qu'il ait jamais vue de toute son existence – et, dilué dans cette lueur brûlante, il fut certain d'entrevoir quelque chose qui devait ressembler au néant. Mais déjà, Monsieur K lui jetait un dernier regard en disant tout doucement : « Adieu, Monsieur O. Nous nous retrouverons un jour... »

Monsieur O sentit sa bouche s'assécher ; il posa son pistolet sur la tempe offerte et dit sombrement : « Adieu à vous aussi, Monsieur K. Je vous regretterai ; bon voyage de l'autre côté du monde... »

....

« Que se passe-t-il, bon sang ? demanda Monsieur K d'une voix pleine de terreur. Il faut en finir... Quoi, vous ne tirez pas ?...

– Que le diable vous emporte ! » gronda Monsieur O. Et il se laissa retomber dans son fauteuil de cuir, son pistolet à la main, les bras écartés comme un boxeur K.-O.

Le visage de Monsieur K se décomposa d'un coup : « Quoi ! Un simulacre d'exécution ! Qu'est-ce que c'est que ces manières ! Il fallait en finir une bonne fois pour toutes. Ah ça !... » Il était livide, cramponné des deux mains aux accoudoirs de son rocking-chair. Deux rides verticales creusaient ses joues, une autre barrait son front, et sa peau était devenue si blanche qu'il avait tout d'un cadavre à l'abandon.

« Pas question de vous éliminer, répliqua Monsieur O sans oser le regarder. Les derniers ordres du directeur général ont été formels : récupérer avant tout le dossier Alpha. Rien de changé. »

Monsieur K passa les mains sur son visage par trois fois, essuyant la sueur qui ne cessait de sourdre de sa peau. Puis, quand il fut certain d'avoir repris ses esprits, il dit : « Et vous pensiez que votre petit jeu allait m'intimider ? »

Monsieur O leva la tête d'un air gêné : « Bah, qu'est-ce que je risquais à essayer ? Un mensonge de plus ou de moins...

– Vous risquez le ridicule. Voyez où nous en sommes.

– Nous en sommes au même point qu'à cette heure

haïssable où je suis entré dans votre bar de la Dernière Chance, Monsieur K... Nulle part.

– Consolez-vous, Monsieur O. Être nulle part est le lot de tout le monde. Seul le mensonge est partout. On pourrait bien appeler ça le néant... »

XXI

« Il va falloir se résoudre à employer la torture... déclara Monsieur O, la mine défaite.

– Il ne reste que cette solution, concéda Monsieur K. Et ça peut marcher après tout... Faites votre devoir, je ferai le mien. De toute façon, il est bientôt 8 heures et le temps s'accélère. Avant deux heures, ça va chauffer pour vous, Monsieur O ! Il va vous falloir serrer les dents. »

Monsieur O secoua la tête de consternation et rangea son pistolet dans sa poche comme pour montrer qu'il ne craignait plus rien. Cela fait, il alla sur la véranda contempler le jour qui se levait, et demeura devant l'une des fenêtres, parfaitement immobile, les mains croisées dans le dos.

Monsieur K ne bougea pas de son rocking-chair, silencieux et pensif, certain désormais de ce qui allait arriver. Pauvre Monsieur O, pensa-t-il avec regret. Il est perdu désormais ; et moi aussi... Chienne de vie quand même ! Mais comment faire autrement ?...

Il se leva à son tour et rejoignit son vieil adversaire, l'esprit en désordre, avec l'impression d'être tout chiffonné de l'intérieur. Il croisa lui aussi les mains dans son dos pour regarder le jour – et ils restèrent ainsi tous les deux, côte à côte, presque épaule contre épaule devant la fenêtre, pareils à des mannequins de cire. On n'entendait plus aucun des bruits de la forêt tropicale alentour, comme si tout s'était endormi avec la lumière.

Monsieur O parla le premier, sans regarder Monsieur K : « Vous êtes vraiment maléfique à votre manière. Vous avez prétendu que ça allait chauffer pour moi dans deux heures ? Mais ce sera votre carcasse qui va chauffer, bon sang ! Je vais vous torturer et voilà tout : si vous tenez la rampe, j'aurai perdu. Si vous flanchez, j'aurai gagné. La vie est parfois très simple.

– Sans doute, répondit Monsieur K sans regarder non plus Monsieur O. Mais je l'ai déjà dit, nul ne triomphe jamais tout à fait dans la victoire et il peut y avoir une part de victoire dans la défaite. Si vous voulez mon avis, ça va se jouer sur le fil de cette frontière pour le dossier Alpha. »

Ils se turent, contemplant le soleil qui, au loin, émergeait de la mer comme un morceau de braise posé sur l'horizon ; puis Monsieur O demanda :

« Que faisons-nous maintenant ?

– Attendons, dit Monsieur K. C'est encore le mieux.

Ne nous fatiguons plus, le sablier du temps coule tout seul. Vous ferez ensuite ce que vous avez à faire, à 9 h 30 exactement, comme nous l'avons décidé depuis le début.

— D'ici là, vous voulez le grand silence, c'est ça ?

— Oui, Monsieur O. Deux heures de grand silence dans le bar de la Dernière Chance, ça n'a pas de prix. Profitez-en comme moi ; nous n'en aurons plus jamais l'occasion.

— Ne cherchez pas à m'impressionner avec votre affaire de silence et ne me répétez pas qu'il est l'ami de la vérité ou quelque chose de ce genre. Je sais que vous songez à une dernière échappatoire. Vous n'abandonnez jamais. Je ne relâcherai pas ma vigilance. »

Un sourire voilé de mélancolie traversa la figure déchirée de Monsieur K : « Vous savez voir jusqu'au plus profond de moi-même, Monsieur O. Ces heures de duel avec vous n'ont pas été complètement perdues.

— D'une certaine manière, je suis heureux que vous pensiez cela... Mais j'ai une ultime idée à vous proposer pour terminer proprement la partie. C'est vraiment la dernière ; et elle est tout à fait personnelle.

— Dites toujours, Monsieur O ; il se peut que la vie ne soit jamais finie, après tout.

— Alors écoutez-moi : imaginez d'abord que je passe de votre côté... »

Monsieur K l'interrompit d'un geste : « Ah, vous voilà

enfin raisonnable... Je n'ai pas travaillé en vain cette nuit... Vous voulez être votre propre marionnette ? Tirer vos seules ficelles ?

— En quelque sorte.

— Parfait ! Quel bon tour nous allons jouer à la Centrale. Nous voilà deux pour mener la "mère de toutes les batailles"...

— Ne vous emballez pas, dit calmement Monsieur O. Je n'ai pas fini. » Il posa sa main droite sur l'épaule de Monsieur K et poursuivit : « Dans l'immédiat, je fais juste une supposition. Parce qu'il y a un obstacle majeur à notre collaboration. Dans l'hypothèse où je passerais de votre côté, nous serions deux à savoir où est caché le dossier Alpha, n'est-ce pas ?

— Cela va de soi.

— Qu'est-ce qui me garantit, alors, que vous ne filerez pas avec le dossier dès que j'aurai renvoyé mes hommes et que nous serons seuls ? Peut-être même en me plantant un couteau dans le dos. »

Monsieur K se renfrogna, un pli de contrariété sur les lèvres : « Pourquoi ferais-je une chose pareille ? Ce serait stupide.

— Bah, répondit Monsieur O ; n'importe qui se damnerait pour la possession d'un tel dossier. Pourquoi partager ? C'est comme pour les histoires de trésors : elles commencent toujours bien et, invariablement, se terminent mal. Au début, tout le monde s'aime, mais le feu couve ; ensuite, il ne cesse de grandir, et on finit par s'étriper jusqu'à la mort ; voilà mon avis.

– Si vous craignez ma déloyauté, dit Monsieur K, j'en ai autant à votre service. Qui me dit que vous ne volerez pas vous-même le dossier à la première occasion pour le ramener à la Centrale ? En me plantant aussi un couteau dans le dos tant qu'on y est. Je n'ai pas de garanties non plus. »

Monsieur O secoua la tête avec lassitude : « C'est pour ça que nous ne pouvons pas trouver de terrain d'entente. Même si je voulais passer de votre côté, cela ne servirait à rien. Il nous faudrait être chacun le policier de l'autre et nous surveiller mutuellement jusqu'à ce que ça tourne mal.

– Vous voyez juste : ce serait infernal. Encore un effet du mensonge...

– Pas moyen d'en sortir, Monsieur K. Alors, pour notre petite partie, nous devons nous résigner à ce que l'un de nous sorte vainqueur et l'autre vaincu. Ni vous ni moi ne pouvons rien contre un destin pareil. Depuis vingt ans, il n'y a aucun rail pour nous mener au même endroit tous les deux... »

Monsieur K alla se rasseoir pesamment : « Ce doit être la grande loi des faux-monnayeurs, Monsieur O.

– Je n'en sais bougrement rien, Monsieur K. Et à vrai dire, quelle importance ?... À 9 h 30 très précises, mon destin dictera mes actes : j'emploierai les grands moyens et nous saurons vite si vous tenez la route. Il n'y a plus longtemps à attendre. Le sablier du temps est presque vide maintenant. »

XXII

Monsieur O regarda une fois de plus l'horloge du bar de la Dernière Chance et annonça d'un ton égal : « Il est 9 h 30, Monsieur K. L'heure a sonné. Cette fois, c'est la fin. Vos employés vont arriver d'un instant à l'autre. J'appelle mes hommes. »

Monsieur K l'arrêta d'un geste : « Inutile, Monsieur O... Je m'incline. Je vais vous donner le dossier Alpha. »

Monsieur O le fixa par en dessous, un air de méfiance extraordinaire sur le visage : « Vous êtes sérieux ? Que manigancez-vous encore ?

– Rien.

– Pas la plus petite traîtrise de dernière minute ?...

– Pas la moindre, je vous assure. Je vais vous remettre le dossier Alpha pour une raison que vous ignorez toujours, mais que vous allez découvrir : tant pis pour vous.

– Ah, vraiment ? Tant pis pour moi ? »

Il s'approcha de Monsieur K, son pistolet dans la main : « Alors, ce dossier, où est-il ?

– J'aurai la vie sauve ? Au moins cela ?
– Nous en avons convenu dès le début.
– Très bien, Monsieur O ; mais je ne vais pas vous donner le dossier pour cette raison. Je vais vous le rendre parce que maintenant que tout est perdu pour moi, j'aimerais vous honorer – au moins une fois dans mon existence.
– Ah ! M'honorer ?
– Oui. Vous auriez pu être moi, après tout. Une petite bifurcation dans la vie et, hop ! vous preniez ma place et moi la vôtre... C'est fou comme les hommes loupent un tas de carrefours. Ils devraient faire plus attention...
– Vous êtes quand même incroyable !
– Vous l'avez dit, Monsieur O. En fin de compte, je n'ai pas perdu mon temps. Oui, vous auriez pu être moi...
– Une aussi longue poursuite et ces heures intenses passées ensemble, il faut admettre que ça va plus loin que la simple intimité... »

Il y eut un bref silence. Puis Monsieur O poussa un soupir désolé : « Alors, où est-il, ce foutu dossier ? »

D'un mouvement du menton, Monsieur K indiqua la table où se trouvaient ses livres de comptes : « Dans la sacoche cachée dessous. Le dossier Alpha ne me quitte jamais. »

Monsieur O réprima une mimique d'approbation :

« C'est encore la meilleure planque, après tout... Qui pourrait y songer ? » Il se pencha pour examiner la sacoche, son pistolet toujours à la main, plein de défiance. « Toute une nuit de palabre pour vaincre par la conviction plutôt que par la force, admettez que ça a de l'allure, Monsieur K.

– Beaucoup d'allure... Vous l'avez emporté, même si c'est au sentiment ; parce que pour la dialectique...

– Seul le résultat compte, le coupa Monsieur O. Maintenant, sortez le dossier de la sacoche, sans un geste de trop, et venez le poser sur ma table. Faites ça très lentement, je vous prie.

– Vous vous méfiez encore ?

– Oh oui, Monsieur K ! Et jusqu'au dernier moment.

– Vous êtes admirable de bout en bout. Tenez, voici le dossier, prenez-le. »

Monsieur O saisit précautionneusement l'enveloppe marron que Monsieur K lui tendait. Les mots DOSSIER ALPHA y étaient inscrits en lettres majuscules – au-dessous de la mention SECRET ABSOLU, tamponnée du sceau de la Centrale. Monsieur O sentit les paumes de ses mains devenir tout humides et glissantes : « Je n'y croyais plus, dit-il tout doucement. Le secret le plus important de tous les temps enfin sauvé... Et grâce à moi... »

Il tourna l'enveloppe en tous sens, n'osant encore l'ouvrir, et Monsieur K vit ses yeux qui s'embuaient lentement. Il dit sobrement : « Vous avez fait le job, Monsieur O, vous pouvez être content. Vingt années de travail... Alors n'ayez plus de craintes, ouvrez l'enveloppe, vérifiez l'authenticité des sceaux de la Centrale sur les vingt pages du dossier, et finissons-en. J'ai quand même hâte de vous voir partir. »

Monsieur O décacheta l'enveloppe presque timidement, avec des gestes très lents. Il dit : « Je vais vérifier les sceaux sur chacune des pages sans rien lire du dossier lui-même.

– Cela vaudrait mieux, conseilla Monsieur K. Mais c'est votre problème, désormais. De toute façon, à la Centrale, ils ne croiront jamais que vous n'avez pas pris connaissance de l'intégralité du dossier. Je n'aimerais pas être à votre place ces prochains jours...

– Bah, je ne suis pas un traître, moi. Je vais rapporter le dossier à la Centrale comme un bon petit agent secret que je suis, et le mettre en sécurité. Ah non, je ne présente aucun risque pour mes chefs... »

Monsieur K laissa échapper un rire narquois : « Si vous en êtes sûr, tant mieux pour vous... Je vous envie d'une certaine manière. Allez, finissez d'ouvrir l'enveloppe, amusez-vous bien... »

Monsieur O sortit la liasse de feuillets, jeta un bref coup d'œil sur la première page, et releva aussitôt la tête, les yeux emplis d'une surprise sans nom : « Qu'est-ce que c'est que cette diablerie ! »

Il y avait un tel désarroi dans son regard que Monsieur K ne put réprimer un sentiment de miséricorde. Monsieur O baissa encore les yeux, regarda à nouveau la première page et dit d'une voix éteinte : « Le sceau est manifestement authentique mais la feuille est toute blanche... Pas la moindre ligne... Qu'est-ce que c'est que ça, nom d'un chien !... » Il releva la tête et fixa Monsieur K avec un désespoir absolu.

Celui-ci haussa les épaules : « Jeu de masque, mon ami... Encore une variante du mensonge. Mais ne faites donc pas cette tête. Poursuivez, vous n'avez plus le choix.

– Malédiction : la deuxième page est tout aussi vierge !

– Et les suivantes ?

– Ah ça... Toutes les pages sont blanches, Monsieur K !... »

Il les étala sur la table devant lui et les contempla sans plus oser y toucher, l'esprit chaviré. Il lui semblait que sa poitrine avait doublé de volume et que des pinces énormes serraient ses reins. Il suffoquait : « Je ne comprends rien, finit-il par bredouiller. Rien du tout. Qu'est-ce que c'est que cette monstruosité ? Le dossier est vide... Alors, tout ce que vous m'avez dit sur ce qu'il y avait dedans, c'était ?...

– Ce que m'avait appris mon prédécesseur, Monsieur O. Rien d'autre, hélas...

— Votre prédécesseur ?
— Vous comprendrez tout à l'heure.
— Vous êtes quand même un bougre de salopard ! marmonna Monsieur O. Ah oui, un sacré salopard... »

Monsieur K le calma d'un geste très doux : « Ne m'insultez pas, Monsieur O, nous sommes de la même étoffe... Et cessez de triturer ces pauvres feuilles dans tous les sens avec cet air de noyé ; ça ne sert à rien. »

D'un coup, Monsieur O parut se ressaisir : « Est-ce que par hasard ?...

— Non, Monsieur O, tous les sceaux sont authentiques. Sur les vingt pages, n'est-ce pas ? Il n'y a pas de supercherie. Ou plutôt, ce n'est pas celle que vous croyez.

— Mais alors...

— Alors quoi ? Le dossier Alpha est vide. Vous n'allez pas en faire un drame quand même ? C'est la vie : on croit des choses, on se trompe, on trompe les autres qui vous trompent eux-mêmes et voilà tout ; c'est la grande pantomime des gueux, mon vieux ; nous n'avons pas cessé d'en parler cette nuit. Voyez où ça nous a menés... Allez, quittez cet air effondré, rangez votre pistolet, et ça ira tout de suite mieux.

— Vide, répéta Monsieur O d'un air désespéré ; le dossier Alpha n'existe pas... C'est impensable. »

Il se redressa brusquement : « Mais pourquoi, à la fin ?

— Pure question académique ; ça fait quand même un choc, pas vrai ?

— Vingt ans que je cours après le vide, alors ?... Il n'y a aucun secret à défendre ?...

— C'est ça qui doit rester absolument secret, Monsieur O. Pour que les faux-monnayeurs puissent progresser dans leur œuvre, il leur faut un ennemi caché. Il n'y en avait pas, la Centrale l'a créé ; ça doit être comme ça, j'imagine.

— Vide, répéta encore Monsieur O.

— Bah, dit Monsieur K, moi ça fait vingt ans que je le sais et que je défends quand même ce vide... Pas le choix, de toute façon. Et puis, ça en vaut la peine. Moi aussi j'ai été pris de vertige en découvrant le contenu du dossier Alpha. Je me demandais depuis longtemps quel était ce secret si important qu'il fallait le protéger envers et contre tout, quel qu'en soit le prix. Je n'ai pas été déçu. Ensuite, il était trop tard pour revenir en arrière. »

Monsieur O resta un long moment silencieux, reprenant peu à peu ses esprits ; il ne parvenait pas encore à mettre bout à bout toutes les implications de sa découverte, mais il savait qu'il devait décider quelque chose très vite. Alors, il fit ce qu'il avait toujours su faire : continuer coûte que coûte. Il se leva et dit avec détermination : « Bon, même si je ne comprends rien, je vais rapporter le dossier tel qu'il est à la Centrale.

C'est ma mission après tout – ce qu'il y a dedans n'est pas de mon ressort. » Il s'approcha de Monsieur K, un air navré dans le regard, et ajouta : « Maintenant, mon vieux, mettez-vous debout vous aussi ; j'ai un dernier petit travail à effectuer et je voudrais le faire correctement...

– Vous paraissez très ennuyé, Monsieur O.

– Ah ? Décidément... C'est que, voyez-vous, mon Beretta 92 va vous éliminer et la partie sera finie... Ce sont mes ordres. Depuis vingt ans. La Centrale n'a jamais eu l'intention de négocier quoi que ce soit avec vous. J'ai le dossier et vous serez mort dans une minute. Vous êtes échec et mat, Monsieur K – mais je n'y trouve aucune satisfaction. Plutôt de la désolation pour tout dire.

– Vous m'aviez pourtant promis...

– Oui, je sais, la vie sauve... Je suis sincèrement désolé. Mais je ne peux pas faire autrement. Disons que c'est un mensonge parmi tant d'autres. Un spécialiste comme vous ne devrait pas s'étonner pour si peu – ni même m'en vouloir. »

Monsieur K eut un geste de la main qui signifiait qu'il comprenait parfaitement. Il dit : « À votre place, j'agirais de même ; c'est une nécessité à bien y réfléchir. De toute façon, il fallait que la mascarade soit complète, quelle se poursuive jusqu'au bout – sinon tout ce que nous avons dit n'aurait guère ou de sens. »

Il se leva de son rocking-chair, posa son éventail d'ivoire près de son étui à cigarettes en argent et se dirigea vers la véranda : « Ça m'irait bien si vous faisiez cela ici, dit-il.

– Ah, votre satané humour... Comme vous voulez, Monsieur K. Avez-vous une préférence sur l'endroit de votre personne où je vais loger deux des balles de mon pistolet ?

– J'aimerais mieux le cœur plutôt que la tête. Mon crâne tout explosé, des morceaux partout... Non, vraiment... Je suis assez soucieux de l'image que je vais laisser à mes employés quand ils vont découvrir mon cadavre.

– Faudra-t-il donc que vous ironisiez jusqu'à votre dernier souffle, Monsieur K ? Enfin, je préfère penser que ce genre de considération vous honore. Je vais procéder comme vous le souhaitez.

– Une dernière chose quand même, Monsieur O...

– Oui ?

– C'est juste un conseil.

– Dépêchez-vous, alors. Le temps passe et nous échappe. Fichu sablier... Dans quelques minutes vos employés seront là.

– Alors, écoutez-moi avec attention. »

Monsieur K se retourna et fit face à Monsieur O, le dos à une fenêtre qui laissait entrer le jour à grands rayons argentés où dansaient des grains de poussière.

Sa silhouette se dessinait maintenant en ombre chinoise et la lumière faisait de grandes taches mordorées sur le plancher de teck.

« Quand vous m'aurez tué bien proprement, dit Monsieur K, ne tardez pas à vous enfuir avec le dossier. Et tout seul. Oui, vraiment, ne traînez pas ici...
– M'enfuir ?
– Le plus vite possible.
– Et tout seul ?
– Absolument seul si vous tenez à la vie.
– Ah ! Et la raison, Monsieur K ?
– Toujours la même, Monsieur O. La farandole des jeux de masques va continuer de plus belle après ma mort. Car lorsque vous m'aurez tué et que vous aurez emporté le dossier Alpha, que croyez-vous qu'il va arriver ? »

Monsieur O hésita, soudain inquiet, et son pistolet se rabaissa imperceptiblement : « Eh bien, dit-il, je vais lever mon dispositif, disperser mes hommes, et nous allons tous rentrer à la Centrale par des voies parfaitement sécurisées.

– Je ne voudrais pas vous décevoir, Monsieur O, mais les choses ne vont pas tout à fait se passer de cette manière. Voyez-vous, la Centrale ne peut pas accepter l'idée que quelqu'un connaisse la réalité du dossier Alpha. Ce serait une catastrophe ; il faut impérieusement laisser croire qu'une parade au mensonge généralisé existe quelque part dans le monde. C'est d'un tordu... Mais d'une logique !... Votre adjoint a déjà reçu l'ordre de vous éliminer dès que vous lui aurez annoncé avoir récupéré le dossier. C'est lui qui le rapportera à la Centrale, sans avoir besoin de l'ouvrir et sans savoir ce qu'il contient.

– Fadaises : il ne peut y avoir tant de duplicité.

– Mon vieux, ne parlez pas de ces affaires avec de grands mots. Le bal des faussaires a besoin de se nourrir sans cesse – et comme moi, vous faites partie du festin. »

Monsieur O baissa la main qui tenait le pistolet : « Vous me troublez, dit-il. Comment pouvez-vous être si certain de ce que vous affirmez pour mon adjoint ? Je n'ai jamais eu un collaborateur aussi dévoué...

– C'est qu'il m'est arrivé la même chose il y a vingt ans, Monsieur O ; ça vous étonne, hein ! Naturellement, personne ne vous a rien dit, mais maintenant, il faut que vous sachiez. C'est la dernière heure pour moi et je ne dois plus rien dissimuler : je n'ai jamais volé le dossier Alpha.

– Comment ça, jamais volé !

– Jamais, Monsieur O... En réalité, j'étais comme vous chargé de le récupérer après que Monsieur D s'en était emparé. Monsieur D était l'un de nos meilleurs agents. Un type fabriqué à l'ancienne, parfait en tout. J'ai mis six ans à le rattraper. J'ai sans doute été meilleur que vous... Ou plus chanceux. Allez savoir dans ces histoires... Quoi qu'il en soit, quand j'ai enfin retrouvé Monsieur D, quelque part au nord du désert d'Atacama au Chili, j'ai été effondré de ne découvrir que du vide dans le dossier Alpha. Comme vous, mon brave Monsieur O... Quelle découverte épouvantable, n'est-ce pas ? Pareille machination contre la seule lueur de vérité possible abattrait n'importe qui. Enfin, c'est la vie... Bien sûr, comme je le devais, j'ai tué Monsieur D d'une balle dans la tête – il n'avait pas d'exigence particulière en la matière ; j'ai fait ça avec toute l'élégance nécessaire et il m'en a été reconnaissant, je crois. Juste avant que je tire, il m'a prévenu pour mon adjoint, comme je le fais maintenant pour vous, et j'ai pu échapper à son poignard, car le bougre aimait faire cela à l'arme blanche... C'était mon plus fidèle collaborateur. Ensuite, ça a été la grande cavale avec le dossier Alpha sous le bras, et vous qui avez pris le relais ; à ma place, exactement à ma place. Et vous allez prendre la mienne maintenant, c'est écrit. »

Sans dire un mot, Monsieur O retourna s'asseoir dans son fauteuil de cuir, les dents serrées : « C'est une machination infernale ! lança-t-il à l'adresse de Monsieur K qui l'avait suivi et s'était à nouveau installé dans son rocking-chair. Oui, infernale...

– Du bel ouvrage, plutôt. Et je crois bien que la tragédie de cette comédie dure depuis une éternité.

Ce doit être une nécessité qui nous dépasse. Il est certain que Monsieur D n'avait pas volé non plus le dossier ; il l'avait récupéré sur un précédent agent appelé Monsieur T. Et avant celui-là, il y en avait un autre dont j'ignore le nom. Si vous voulez mon avis, une succession ininterrompue d'entre nous a été prise dans l'engrenage et n'a cessé de cacher le dossier Alpha à travers le monde – et de vivre en fin de parcours des événements identiques à ceux que nous avons connus cette nuit. Je suis même certain que ce dossier du diable n'a jamais été dans le coffre de la Centrale. Nous avons tous existé pour entretenir cette fiction.

– Je suis anéanti, dit Monsieur O en secouant la tête.

– Ce n'est pas le moment, mon ami. Il va falloir tenir le choc.

– Ce sera bien le seul instant de vérité.

– Alors, profitez-en. Car ensuite, vous allez tourner comme jamais dans le manège enchanté du mensonge. Quel tourbillon ! Je vous souhaite bonne chance... En ce qui me concerne, je vais enfin pouvoir me reposer ; j'espère que vous résisterez aussi longtemps que moi. Vingt ans, ce n'est pas mal... Défendez le dossier Alpha autant que vous le pourrez, cher Monsieur O... C'est notre grandeur, après tout. Laissez croire qu'un infime espoir existe... Je vous avais bien dit que vous finiriez par être de mon côté, d'une manière ou d'une autre... Courage, vous êtes un bon agent secret... Mais assez parlé, ne perdez plus de temps, prenez le relais, je suis las et fatigué : levez-vous maintenant et tirez, là, bien droit dans mon cœur – et ensuite, avant de vous enfuir, hurlez pour vous aider comme je l'ai fait pendant toutes ces années : "Néant, néant, néant"... »

Paris, Montmartre, 2009
Cayenne, Guyane, 2010
Sens, Corse, 2012
Îles Éparses, canal du Mozambique, 2014
Sens, 2015

RÉALISATION : NORD COMPO MULTIMÉDIA À VILLENEUVE-D'ASCQ
IMPRESSION : CPI FRANCE
DÉPÔT LÉGAL : JANVIER 2016. N° 130353 (131753)
IMPRIMÉ EN FRANCE